Zwischenwelten-Kabinett

Kult und okkult

© Schauermärchen Verlag Reese e.K.
Originalausgabe, Berlin 2011
© der einzelnen Beiträge bei den Autoren

Nachdruck, Übersetzung, Vortrag und Übertragung,
auch auszugsweise, nur mit ausdrücklicher Genehmigung
des Schauermärchen Verlags Reese e.K.

Titelcovergestaltung: Miriam Stephanie Reese
Layout: Daniel Reese
Lektorat: T.A. Wegberg

Druck: Books on Demand, Norderstedt

1. Auflage
ISBN 978-3-943002-00-3

Mein Dank gilt allen Autoren, die sich an diesem Buch beteiligten,

Myrtian, der mich auf die Idee dazu brachte,

Chrysanth, der mir die Zeit ließ, es zu verwirklichen, &

Daniel, der sich gemeinsam mit mir an die Umsetzung machte ...

Inhaltsverzeichnis

Talismanisches Ritual

überliefert durch
Miriam Stephanie Reese

Benötigt werden:
ein Objekt, welches zukünftig als Talisman gelten soll
(Dabei sei zu bedenken, dass dieses täglich bei sich getragen wird
und daher allen Einflüssen zu trotzen hat. Es bietet sich ein der
Persönlichkeit des Besitzers symbollastiger Anhänger aus Edelmetall
an.)
ein Athamemesser
(Bestenfalls aus einem selbstgeschnitzten Ast gefertigt. Welcher
Holzarzt dieser entspricht, sei nebensächlich.)
Rosenwasser
(Erzeugt wird es, wenn man Wasser in eine Schale gießt,
Rosenblätter hineinlegt und diese dort eine Nacht und einen Tag
ziehen lässt. Besonders wirksam wird es, wenn man dies bei
Vollmond tut)
Thymianwasser
(Dieses wird hergestellt, indem man eine Flasche mit Wasser befüllt,
einen Thymianzweig hineinlegt, sie verschließt und eine Woche
unberührt an einem dunklen Ort stehen lässt)
Weihrauch-Räucherstäbchen
eine rote Kerze
ein rotes Blatt Papier
einen schwarzen Stift
schwarze Erde
ein feuerfestes Behältnis

Zum Ritual:
Man weihe das Athamemesser, indem man es in Rosenwasser tauche.
Dies geschehe einen Tag vor dem Ritual.
Dann nehme man das Thymianwasser, wasche seine Hände damit
und reibe mit den noch feuchten Händen das Objekt ein.
Nun zeichne man mit dem schwarzen Stift ein Pentagramm in einem
Kreis, welcher alle Spitzen berührt, auf das rote Blatt Papier.
Um die positiven Kräfte zu aktivieren, muss das Pentagramm
unbedingt mit der Spitze nach oben zeigen!
Man lege das Objekt in die Mitte.

Links davon stelle man die rote Kerze, welche jetzt entzündet werde. Mittig dahinter platziere man das Weihrauch-Räucherstäbchen, welches von der Kerze angezündet wird.Rechts davon verschütte man die schwarze Erde.

Im Fortfahren nehme man nun das Athamemesser und spreche dreimal folgende Zeilen, wobei man andeutet, Kreuze in das Objekt zu ritzen:

„Nicht für mich schneide ich,

Knochen und Fleisch verletze ich nicht,

schneide in meinen Talisman Glück hinein,

nicht von mir, von ihm soll die Kraft nun sein."

Im Anschluss nehme man den Talisman, werfe das Papier in das feuerfeste Behältnis, zünde es mit der Kerze an, verbrenne es, mische die Asche mit der des Räucherstäbchens und der der Erde und vergrabe es dort, wo man das Holz für das Athamemesser fand.

Das Ritual ist vollbracht.

Die weiße Witwe

Tolya Glaukos

Ich erreichte das Dorf weit nach Sonnenuntergang. Die Häuser lagen im Dunkeln, nur in dem beschlagenen Fenster der Kaschemme sah ich träges Licht schimmern. Erschöpft stemmte ich mich gegen die metallbeschlagene Tür. Drinnen saßen sechs Männer an einem Tisch bei einer Karaffe Wein. Die Gesellschaft musterte mich aufmerksam, als ich mein Bündel zu Boden sacken ließ und an einem leeren Tisch Platz nahm. Dann blickten alle gespannt auf den Wirt, der sich mir entgegenwälzte. Ein Hüne von einem Schrank. An der vorgebundenen Schürze hafteten Blutspuren.

„Na, Wandersmann? Du willst über Nacht bleiben?"

In dem Tonfall seiner Frage schwang etwas mit, das ich nicht sofort erfassen konnte, ein Hintersinn oder gar ein Hinterhalt.

„Ja. Ich bin sehr müde!"

In den Augen des Schankwarts funkelte es silbern, und die Tischgesellschaft brüllte zu mir herüber:

„Du wirst es nicht bereuen, Pfaffe!"

„Es gibt eine Überraschung!"

„Und was für eine, Teufel nochmal!"

Die Männer lachten, und der Wirt sah mich ironisch an.

„Bring mir etwas zu essen, und auch ein Glas Wein."

„Er will sich Mut antrinken!" rief einer der Männer.

„Den wird er nötig haben!"

Ich fragte sie nicht, was sie meinten. Der Wirt tischte mir geröstetes Fleisch auf, dazu eine große Portion Pellkartoffeln in einer schweren Schüssel. Ich warf die Kapuze meiner Büßerkutte in den Nacken, dann verschlang ich das lederne Fleisch. Die Männer unterhielten sich lautstark, ich aber achtete nicht auf sie. Beim Servieren des Weins richtete der Wirt erneut das Wort an mich:

„Du kommst als ein Fremder. Und du kommst allein."

„Ja und?"

Der Wirt lächelte, und die Tischgesellschaft blickte wieder zu mir herüber.

„Ganz egal, ob du ein Mönch bist oder der heilige St. Georg, es gibt eine Tradition in unserem Dorf, der sich jeder Fremde unterwerfen muss."

„Ja, auf die Tradition muss geachtet werden!" rief einer der Männer.

„Wir brauchen schließlich ab und an frisches Blut!"

„Was meinst du?" fragte ich.

Man beschwichtigte mich, winkte mir sogar freundlich zu:
„Komm, setz dich zu uns."
Mit Unbehagen folgte ich ihrer Einladung.
„Wir üben ein gefährliches Handwerk aus!"
prahlte ein älterer Mann mit einer großen, weingeröteten Nase.
„Du weißt doch, welches?" fragte mich ein Zwerg mit lüstern
glänzenden Augen. Ich schüttelte den Kopf.
„Das muss er doch nicht wissen!" sagte der Dritte.
„Hör zu" sprach jetzt der Wirt mit donnernder Stimme. „Auf deiner
Wanderung hast du bestimmt die Brunftschreie der Bären durch die
Wälder dröhnen gehört. Es sind riesige Ungeheuer, deren Fell
mehrere Häuser bedecken kann. Wir leben von der Bärenjagd, schon
ein Einziger dieser Giganten verschafft unserem Dorf für lange Zeit
Nahrung, und das Fell lässt sich gegen die teuersten Waren
eintauschen. Die Jagd aber ist gefährlich. Solch große Bärenfallen
sind schwer zu bauen. Also spannen wir Netze in den Bäumen auf
und versuchen, die Bären mit den Seilen zu strangulieren. Aber das
gelingt nicht immer. Oft gehen wir nahe heran und versuchen, sie mit
unseren Lanzen zu spießen. Was fatale Folgen haben kann..."
„Jawohl, erst letzte Woche mussten wir Finn Tjöval – Gott hab ihn
selig – zu Grabe tragen. Mit seinem Blut wurde das Fleisch, an dem
du deinen Hunger gestillt hast, erkauft"
Bärenfleisch war es also, das ich zu mir genommen hatte. Deshalb
hingen mir die sehnigen Fasern zwischen den Zähnen und ließen sich
selbst durch intensives Zungenschnalzen oder Fingerschnippen nicht
herausziehen.
„Wir sind die letzten Jäger in unserem Dorf, ausgenommen die
Greise und die Knaben."
„Dafür haben wir gut zwei Dutzend Weiber, die meisten sind
Witwen, Gott hab ihre Männer selig. Und die Weiber, wie du dir
denken kannst, lechzen nach Männern. Heiße Öfen sind das, bei
Gott! Leider ziehen ihre Kamine äußerst schlecht – nur ab und an
kommt ein Fremder in unser Dorf und kann ihnen richtig
einheizen..."
Ich ahnte, worauf das hinauslief.
„Wir glauben an den Allmächtigen!" rief der Vierte, ein kräftiger,
aber wortkarger Mann.
„Wir leben wie anständige Menschen. Niemand von uns würde seine
Frau betrügen. Das Gelöbnis der ehelichen Treue ist unantastbar!
Aber wer verbietet einer Witwe..."
In seiner Stimme bebte Lüsternheit, und ich wusste, dass seine Worte

nichts als Scheinheiligkeit waren.

„Wir brauchen Nachwuchs, Fremder. Darum haben unsere Vorväter eine Tradition begründet, die in unserem Dorf längst unumstößliches Gesetz ist: Bleibt ein Fremder bei uns über Nacht, muss er sie in den Armen einer unserer Witwen verbringen!"

Das sagte der Wirt. Die anderen Männer versuchten indessen, in meinem Gesicht Erstaunen, Freude oder Abscheu zu erkennen. Was für ein listiges Spiel man hier spielte! Auf diese Weise wurde jeder Witwenschoß ab und an von fremdem Samen besprenkelt, und daraufhin konnten die anderen Männern sie gleichfalls bespringen, ohne dass jemand Verdacht schöpfte. Sollte eine Witwe schwanger werden, war im Zweifelsfall immer der durchreisende Fremde der Vater.

„Und?" fragte mich der Wirt. „Was sagst du?"

„Von solch einer Tradition habe ich noch nirgendwo gehört, und ich bin weit herumgekommen, wie ihr seht."

„Du weigerst dich doch nicht etwa?" fragte der kräftige Mann.

„Ich weiß ja nicht, auf wen ich mich einlasse."

Die Männer lachten fröhlich und frivol.

„Wo sonst bekommt ein Mann solch ein Angebot! Und das völlig kostenlos?" rief der ältere Mann und zwinkerte den anderen zu. Die wiederum klopften mir aufmunternd auf die Schultern.

„Aber wenn es eine alte Vettel ist?"

„Du musst ja nicht das Licht entzünden! Im Dunkeln sind alle Katzen grau, alle Frauen schön.–Es ist doch eine Schande, wenn ein Mann bei einer Frau, die ihm die Laken aufhält, nicht seinen Mann steht!"

Der Wirt grinste mich an, und in seinen Augen las ich Hochmut.

„Lass dich überraschen. Trinke mit uns, solange du willst. Wenn du dich aber bereit fühlst, gehe hinauf in dein Zimmer, wo dich bereits unter dem Laken die Witwe erwartet!"

Und wieder lachten sie, wie ein Schwarm Hornissen.

„Du wirst diese Nacht nie vergessen!" orakelte der Mann mit der großen Nase.

Ich trank Wein, mehr als gewöhnlich. Die Gesellschaft wurde lauter und lustiger, aber mir gelang es nicht, mich mit ihnen anzufreunden. Ihre Gespräche blieben mir fremd wie der Mond. Außerdem schwirrte mir ständig die nebelhafte Gestalt der Witwe durch den Kopf. Wie sie wohl aussah? Einiges später verriet der Wirt Näheres: „Du bekommst die Frau von Finn Tjöval. Eine noch ganz frische, die hat erst einen Besteller gehabt!"

13

Er flüsterte, und wieder glänzte der Spott in seinen Augen
„oder täuschte ich mich?"

„Hast du Lampenfieber, Bräutigam?" rief mir der Alte zu, als er sich erhob und zum Urinieren hinausging.

„Na, du musst sie nicht gleich heiraten!" rief der Kräftige.

Ich winkte ab.

„Daran würde ich keinen Gedanken verschwenden."

„Man nennt sie die Weiße Witwe" sagte der Wirt.

„Warum?"

Allseits Schulterzucken.

„Finn nannte sie so" raunte mir der Zwerg zu.

„Ach? Schon vor seinem Tod nannte ihr Gatte sie eine 'Witwe'?"

Diesmal erhielt ich keine Antwort. Man tat, als habe ich eine Belanglosigkeit geäußert, die nicht einmal ein Schulterzucken wert war. Man wandte sich lieber dem Wein zu. Es wurde spät. Die Gesellschaft löste sich auf. Ein betrunkener Schatten nach dem anderen erhob sich, wankte zur Tür hinaus und torkelte den vernebelten Häusern entgegen. Ich blieb allein mit dem Wirt zurück. Während er die Becher polierte, sprach er mir Mut zu:

„Das wird doch nicht dein erstes Mal sein, oder?"

„Aber ich habe noch nie mit einer völlig fremden..."

„Meine Güte!" stöhnte er. „Ist das etwa kein Reiz? Bist du etwa ...? Und zu Huren? Niemals? Andere Männer..."

„Andere Männer sind andere Männer."

Der Wirt wollte das nicht gelten lassen.

„Ich gebe dir einen Rat: Entzünde kein Licht. Und besser sprich nicht mit ihr. Hörst du? Kein Wort..."

„Warum?"

„Warum, warum, warum! Es ist, wie es ist. Im Übrigen hast du sogar Glück."

„Womit?"

„Womit schon!" höhnte er und machte eine schlängelnde Bewegung mit beiden Händen. „Jetzt geh endlich hinauf!"

Er schob mich zum Treppenaufgang. Die Stufen knarzten höllisch unter meinen Füßen, der Wein war längst in die letzte Fiber meines Körpers vorgedrungen. Ich stieg hinauf in das finstere Nichts. Am Treppenende angelangt, konnte ich den Weg durch den Korridor nur erahnen. Alles, was ich ausmachen konnte, war ein dünner Lichtstrich, der seitwärts den Boden entlanglief – die Türschwelle. Ich tastete nach der Klinke, dann trat ich in den düsteren Raum. Vom hinteren Ende ging ein pulsierendes Licht aus. Inmitten des

14

Lichtkegels sah ich sie, auf dem Bett hingestreckt wie eine Aristokratin: die Weiße Witwe. Aber was für ein seltsames Licht war das!? Geblendet musste ich meinen Blick von ihr lösen, obwohl ich kaum mehr als ihre Silhouette erfasst hatte. Nervös warf ich mein Bündel auf den Holzstuhl und verharrte dort. Es wäre normal gewesen, jetzt das Wort an sie zu richten, aber der Wirt hatte mir davon abgeraten, und so schwieg ich. Was war das für ein seltsames Licht, das von Finn Tjövals Weib ausging? Auch nach längerer Zeit konnte ich ihren Anblick keine Sekunde lang ertragen. Auf meinen Netzhäuten blieb der Umriss ihres Körpers zurück, so als hätte ich zu lange in die Sonne geblickt. Ich wollte bereits hinauslaufen, vielleicht spielte man mir einen Streich, vielleicht war das nur eine Illusion ... oder etwas völlig anderes, Gespenstisches lag dort auf dem Bett. Da vernahm ich ihre Stimme:

„Fremder, der du kommst aus der Nacht zu mir, schenke dich mir, bis die Sonne mein Licht auslöscht."

Unwillkürlich begann mein Herz wild zu pochen. Erregung pulsierte durch meine Nervenkanäle. Zugleich wechselströmten Skrupel meine Wirbelsäule hinauf. Eine Sinuskurve, die wie das Pendel einer Standuhr hin- und herschwang.

„Fremder, ich weiß nicht deinen Namen, und ich will ihn auch nicht kennen. Ich will nur diese Nacht."

Ich lief zur Tür, tastete mit der Hand nach der Klinke, doch ich fand keine. Wie konnte das sein? Ich suchte mit den Fingern die Holztür ab, grub die Fingernägel in den Türschlitz. Aber die Nägel brachen, die Tür dagegen bewegte sich keinen Finger breit.

„Fremder, jetzt ist diese Tür verschlossen. Du musst bei mir bleiben, die ganze Nacht."

„Warum leuchtest du so grell?" fragte ich in meiner Verzweiflung.

„Es ist dunkel, Fremder. Weißt du es nicht? Es ist stockduster auf dieser Welt. Nirgendwo Seelen, die leuchten. Fremder, du hast zu viel vom Höllenwein getrunken."

„So wird es sein" antwortete ich.

Ihre Worte verwirrten mich. Ich trat an das Fenster und starrte hinaus in die trübe Nacht. Es war ein trostloser Ausblick, kein einziger Stern war in dem Nebelgeflirr zu erkennen. Dunst waberte in fetten Schwaden gegen das Fenster, kroch durch das Glas bis in meinen Kopf. Ich wusste nicht mehr, was ich denken sollte. Ich war ratlos wie die Rabenkrähe, die auf den Dachschindeln saß und ihre schrägen Oden in die Dunkelheit krächzte. In dieser Nacht schienen viele Geister nicht zur Ruhe zu finden. Auch aus Waldesnähe dröhnte

15

etwas heran, das zuerst wie ein Gewitter grollte, aber die Dauer des Gebrülls ließ eher auf Brunftschreie schließen.

„Was ist das? Ein Bär?" nuschelte ich. Anstatt zu antworten, erhob sich die Weiße Witwe von ihrem Lager. Sie kam langsam näher, und mit ihr das Licht. Mein Puls schnellte hinauf. Mein Herz pochte bis in die Schläfen. Schräg hinter mir blieb sie stehen. Für eine Sekunde warf ich meinen Blick über die Schulter, streifte ihre Silhouette. Wie das blendete! Tränen schossen mir ins Gesicht.

„Du musst nur die Augen schließen" raunte sie. Ich versuchte es, aber noch immer brannte sich durch meine geschlossenen Lider orangefarbenes Feuer.

„Warte" sagte sie. Davonlaufend murmelte sie Worte, die ich nicht verstand. Sie ging barfuß, ihre auf den Dielen schnalzenden Schritte waren deutlich zu hören. Mir war, als lief sie direkt durch mein Gehirn. Ich hörte ein metallisches Klicken, anschließend ein Rascheln. Dann kamen ihre Schritte wieder näher. Sie berührte mich. Ich spürte ihre flinken Hände, die mir ein Tuch vor die Augen banden. Der Stoff war fein und kühl wie Seide, ihre Fingerspitzen hingegen prall und heiß. Von ihrem entsetzlichen Leuchten erlöst, ließ ich mich auf ihr Werben ein. Sie zog mich zum Lager. Ihre feingliedrigen Finger umklammerten meine Hand. Ihre Finger waren so feucht, dass ich ihrem Griff beinahe entglitt. Sie aber fasste nach, ließ nicht locker. Ich taumelte ihr hinterher wie ein Schlafwandler. Und als wir das Bett erreichten, roch ich auch das Jojoba, das ihre Hüfte verströmte. Ich zerging in ihren Armen und Häuten, während die Liebe durch meine Glieder raste. Sie sattelte auf, ritt auf mir, bäumte sich auf, galoppierte über mich hinweg. Wie die Hunnen über die Prärie, so preschte die Weiße Witwe über meinen vom Wandern ermatteten Körper. Dann hielt sie plötzlich inne. Ich spürte, wie sie, mein Geschlecht noch immer in sich bergend, halb aus dem Bett rutschte. Ich hörte ein Geräusch, das mich an das Geklapper einer Klapperschlange erinnerte. Irritiert nestelte ich an dem Tuch, zerrte mir die Binde von den Augen. Anstelle des grellen Lichts ging von der weißen Witwe jetzt ein dunkelrotes Leuchten aus.

Erstmals konnte ich ihr ins Gesicht sehen. Aber was für ein Anblick war das: seltsam verzerrt, grimassierend wie eine javanische Maske! Da erst erkannte ich, dass sie in ihrer Hand eine Doppelaxt führte, die sie gerade in Schwung brachte. Ich wollte schreien, doch kein Ton entkam meiner Kehle, schon sauste die Axt auf mich herab, und in einer Detonation des Schmerzes zerspreißelte mein Brustkorb, ich hörte das knirschende Echo überdeutlich in meinen Ohren, während meine Arme und mein Becken versuchten, sie aus dem Sattel zu heben. Aber ich krümmte mich vergeblich. Ihre Schenkel pressten sich immer fester, vibrierten jetzt wie die Flügel eines Kolibris. Und erneut holte sie Schwung – mir war, als zeichne sich auf ihrem Gesicht ein Zweifel ab. Doch schon raste die Axt mir erneut entgegen, zerschlug mein Gesicht, genau zwischen den Augen. Aus immer weiterer Ferne hörte ich, wie mein Schädel zersprang. Mein Bewusstsein zerstob, ein allerletzter Impuls spritzte hydraulisch mein Rückenmark aufwärts. Es war das Petroleum der Liebe, das sich in die Weiße Witwe verströmte. Als ich am nächsten Morgen erwachte, saß meine Frau neben mir und flüsterte leise:

„Du hast heute Nacht wieder gefiebert. Du hast im Traum gesprochen. Und ich habe jedes Wort verstanden."

„Was habe ich erzählt?"

Sie lächelte milde. „Das werde ich dir lieber nicht erzählen."

„Wieso?"

„Du warst tot, Finn. Vor einer Woche hat man dich zu Grabe getragen. Ich habe dich ins Leben zurückgeholt."

„Ich war tot?"

„Es war schrecklich. Ein Bär hat dich zerfetzt, Finn."

Ich fasste mir an die Stirn: Es klaffte ein riesiges Loch darin. Auch meine Brust war über dem Herz zerschnitten wie von den Riesenklauen der Sphinx. Ich erschrak so sehr über meine Entstellung, dass ich von meiner Frau verlangte, alle Spiegel im Haus mit Tüchern zu verhängen. Ich schlug die Tür hinter mir zu. Ein Himmel aus Milchglas überwölbte das Dorf, die Luft war stickig und trübe. Erstmals betrat ich wieder die Straße. Die alte Mattila von gegenüber spielte mit ihren Enkelkindern im Vorgarten ein Abzählspiel. Ich wollte sie begrüßen, doch bevor ich meinen Mund aufmachen konnte, lief sie hysterisch kreischend ins Haus zurück. Ihre Enkelkinder dagegen glotzten mich mit weit offenen Mündern an, als starrten sie auf eine Jahrmarktssensation. Sie kicherten nervös und traten von einem Bein auf das andere. Als ich jedoch näher kam, trollten sie sich.

„Finn?" rief mich der Wirt an, der vom Fenster der Wirtschaft aus zu mir herübersah. „He, Finn?"

Und auch zwischen seinen Worten schwelte die Frage, die niemals eine Antwort finden würde.

17

Das Haus am Loch Fyne

Jerk Götterwind

-1-

Der Schlüssel brach ab. Terry schüttelte den Kopf. „Dieser verdammte Makler. Macht ja nichts, dass die Tür klemmt. Der Schlüssel sieht zwar rostig aus, ist aber stabil. Wie kommen Sie darauf, dass der Schlüssel abbrechen könnte?" Terry ballte seine Hände zu Fäusten. „Das darf doch nicht wahr sein." Er hatte sich überreden lassen, dieses Haus zu kaufen. Selbst die Verkäuferin in dem kleinen Ort Barnacarry hatte ihre Lippen gespitzt, als sie hörte, dass er Interesse an dem alten Gemäuer am Loch Fyne hatte. „Sie wissen schon, dass dort nicht alles mit rechten Dingen zugeht?" Verschwörerisch hatte sie sich über die Kasse zu ihm hingebeugt und dabei mal eben mit ihrem überdimensionalen Brustumfang 2346 Pfund eingetippt. „Sehen sie, es geht schon los", sagte sie zu Terry, während sie an der Kasse hantierte, um den Betrag wieder zu löschen. Er stand daneben und schaute ihren Versuchen zu. Schließlich schaffte sie es. Terry sah sie an. „Was soll denn da gewesen sein?" „Einige Wochen nach der Schlacht bei Culloden haben sich einige Highlander dort getroffen, wo das Haus jetzt steht: Sie wollten einen neuen Plan schmieden, wie es doch noch zu schaffen sei, den Anspruch des jungen Thronanwärters geltend zu machen. Doch jemand muss sie verraten haben. Cumberland hatte Vasallen geschickt, die alle töteten und genau dort unter die Erde brachten. Keinen hat es gekümmert, als das Haus gebaut wurde. Es wurde als Legende abgetan." Jetzt war es an Terry, sich über die Kasse zu beugen. Er achtete aber darauf, nicht an die Tastatur zu kommen. „Und?" „Können Sie sich nicht vorstellen, was los ist, wenn Menschen dort einziehen? Die letzten waren Engländer. Nicht lange, dann sind die wieder ausgezogen, und niemand hier hat sie mehr gesehen."

Später bei dem Makler hatte sich natürlich alles anders angehört. „Sie werden doch nicht an Geister glauben? Ich bitte Sie. Das ist Schottland. Hier werden die Mythen geboren. Was ist Schottland schon ohne seine Geistergeschichten? Ein Fleck Landschaft voller Heidekraut."
Terry war sich trotzdem nicht ganz sicher gewesen.
„Mensch, Sie sind Schriftsteller. Ein Autor, der in einem angeblichen Geisterhaus lebt. Was werden Ihre Leser sagen?"
„Ich schreibe eigentlich nur romantische Liebesromane."
„Und was bitte ist romantischer als eine Liebesgeschichte, die in Schottland, in den Highlands, vor dem Hintergrund einer großen Schlacht spielt? Nur eine Geschichte, die neben diesem auch noch eine gewisse, wie man es heute nennt, Gothic-Atmosphäre hat. Denken Sie nur an die ganzen Vampirromane."
Terry kaufte das Haus.

-2-

Manchmal wusste auch Terry ein Mobiltelefon zu schätzen. Er wählte die Nummer des Maklers.
„Schönen guten Tag. Immobilien Asmodi&Beelza, Zweigstelle Glasgow, Sie sprechen mit Mr. Bogey."
„Bogey, von wegen alles ist toll. Der Schlüssel ist hin. Im Schloss zerbröselt. Und Sie haben mir keinen Ersatz gegeben."
Terry hörte seinen Gesprächspartner tief einatmen.
„Mr. Steiner, erinnern Sie sich noch an unseren Rundgang? Hinter dem Haus, die Treppe zum Keller. Letzte Stufe, linke Seite. Dort ist ein loser Stein und dahinter der Kellerschlüssel. Ich komme die Tage vorbei und bringe sowohl ein neues Schloss als auch Schlüssel mit. Kann ich sonst noch was für Sie tun?"
Angus Bogey rollte mit den Augen. Warum hatte nur er immer die schwierigen Kunden? Dieser Steiner raubte ihm den letzten Nerv. Erst sieht das Haus zu altbacken aus, dann ist es doch gut erhalten und gar nicht so schlecht, und schließlich will er es doch. Dann will er es nicht, weil es angeblich spukte. Darauf überlegte er es sich und kaufte es. Und jetzt brach dieser Vollhorst auch noch den Schlüssel ab.
Manchmal fragte er sich, ob es wirklich eine gute Idee gewesen war, von England nach Schottland überzusiedeln, um hier als Makler zu arbeiten. Dies hatte nichts mit Steiner zu tun, aber es war schon eine Umstellung, als Engländer unter Schotten zu leben. Jedes Mal musste er zum Beispiel das Gemälde seines Urahns zuhängen, wenn er

Kundschaft direkt ins Büro bestellte. Die schottische Geschichte hatte viele Schlachten erlebt, aber keine hatte so viel Nachhall wie die in Culloden. Wenn ein Kunde das Bild von William August, Herzog von Cumberland, in seinem Büro sah, konnte er den Laden dichtmachen.

„Bitte?"

Bogey hatte nicht zugehört.

„Ich sagte, danke für die Auskunft. Falls was ist, melde ich mich wieder."

Das glaubte der Makler aufs Wort. Resigniert hängte er ein und lehnte sich zurück. Wer weiß, was als Nächstes kam.

-3-

Die acht Stufen zur Kellertür runter sahen ziemlich marode aus. Terry fragte sich, ob er etwas übersehen hatte, als er dieses Haus besichtigte. Vor ein paar Wochen war sein Eindruck ein besserer gewesen. Nun sah es aus, als wäre es innerhalb kurzer Zeit um ein Vielfaches gealtert. Über dem Keller befanden sich das Erdgeschoss und der erste Stock noch auf Stein gebaut, der dritte Stock bestand gänzlich aus Holz. Dort wollte er auch sein Büro einrichten, da er sich so vorstellen konnte, in einer verträumten Holzhütte am See zu sitzen, um seinen Romanen eine authentische romantische Stimmung zu geben.

Er nahm den beschriebenen Stein heraus, und tatsächlich befand sich dahinter der Schlüssel. Sehr beruhigend. Jedenfalls in dieser Hinsicht konnte er sich auf den Makler verlassen. Ansonsten fühlte er sich eher verlassen.

Die Tür quietschte erbärmlich in den Angeln, als er sie langsam aufschob. Er konnte sich des Eindrucks nicht erwehren, in einem schlechten Horrorfilm aus den Fünfzigern gelandet zu sein. Plötzlich berührte ihn etwas an der Wange. Terry zuckte erschrocken zusammen. Die sanfte Berührung ließ einen Schauer seine Haut hinabfahren. Ein fingerdicker Spinnwebfaden hatte sich selbstständig gemacht und war von der Decke auf ihn herabgefallen. Wieder dieses Gefühl, dass das Haus innerhalb kürzester Zeit verfallen zu sein schien. Er konnte sich an keinen Raum erinnern, in denen er dermaßen dicke Spinn- und Staubfäden gesehen hätte. Er ging die Kellertreppe nach oben, öffnete die Tür und stand in der sogenannten Empfangshalle. An der linken Seite erstreckte sich eine Wendeltreppe, die in die oberen Stockwerke führte. Hier unten gingen lediglich die Türen zum Keller hinab und zu zwei Räumen

Parterre, die von den Vorbesitzern als Wohn- und Esszimmer genutzt worden waren. Soweit er sich erinnerte, befanden sich im ersten Stock fünf Zimmer und darüber der Holzaufbau. Dieser war als eine Art Loft geschnitten. Fast ein kleines Schloss. Von der Haustür aus konnte er direkt auf Loch Fyne schauen, und hinter dem Haus lief der River Ruel entlang. Nicht weit entfernt lag Otter Ferry, ein kleiner Ort, dessen Dreh- und Angelpunkt der Pub war. Der nächste größere Ort lag auf der anderen Seite der Halbinsel und nannte sich Dunoon. Terry hatte die Cowal-Halbinsel bis in die kleinsten Ecken inspiziert. Schließlich wollte er sicher sein, dass er sich hier viele Jahre wohl und sicher fühlte. Den Zahn mit der Sicherheit hatte ihm die nette Dame im Shop vielleicht nicht gezogen, aber ein wenig Karies hatte sie schon hinterlassen.

Er ging die Treppen nach oben in den ersten Stock. Die Räume waren sehr weitläufig, und er hatte das Gefühl, von innen sahen sie um ein Vielfaches größer aus, als das Haus von außen vermuten ließ. Schwere Brokatvorhänge verdeckten größtenteils die Fenster, und es war sehr vonnöten, den Staub in seine Schranken zu verweisen.

Terry räumte aus dem Auto einige Kisten in die verschiedenen Zimmer, brühte sich mit einem mitgebrachten Wasserkocher Tee auf und ließ die Atmosphäre auf sich wirken. Er konnte sich nicht dagegen verwehren, dass etwas nicht stimmte. Es war nur ein vages Nagen in seinen Innereien, das er nicht loswurde. Terry schaute auf die Uhr. Spät genug, dachte er, um ein wenig die Augen zu schließen. Er hatte eine Matratze und einen Schlafsack dabei. Ein erster Notbehelf, bevor in den nächsten Tagen seine Möbel und sonstigen Besitztümer wie Bücher, Computer und der Rest seiner Kleidung ankamen. Für Ende der Woche hatte sich auch das Putzunternehmen angekündigt, welches er für eine Grundreinigung angeworben hatte.

Er legte sich in sein zukünftiges Schlafzimmer, löschte das Licht und war kurz davor einzuschlafen, als er ein Knacken hörte. Fast als hätte jemand auf eine lose Holzbohle getreten. Terry schreckte hoch. Die Tür zum Schlafzimmer stand offen, und auf Höhe des oberen Scharniers sah er ein rötliches Glimmen. Mehr war nicht zu erkennen. Dieses Glimmen, wie zwei Punkte in der Dunkelheit, schien jede seiner Bewegungen zu verfolgen. Wie ein Porträtbild, bei dem man immer die dunkle Ahnung hatte, der dort Dargestellte behielt einen ständig im Auge. Er blinzelte, und kurz danach waren die Punkte verschwunden. Terry schälte sich aus dem Schlafsack und ging zur Tür. Er schaute nach rechts und links den Gang entlang, konnte jedoch nichts erkennen. Er ging einen Schritt weiter nach vorne und spürte, wie ihn etwas stieß. Er stolperte und konnte gerade noch verhindern, eine Rolle vorwärts über das Geländer zu machen. Aus dem Augenwinkel sah er erneut das Glimmen, welches die Treppe hoch verschwand. Eine Tür knallte, und danach war Stille. Terry schluckte. Auf keinen Fall würde er heute Nacht nach oben gehen. Bei Tageslicht sah die Sache anders aus. Aber dieses rote Licht hatte ihm nicht gefallen, womit er leicht untertrieb. Es hatte ihm einfach nur üble Angst eingejagt. An Schlaf war nicht mehr zu denken. Er ging runter in die Küche und brühte sich erneut einen Tee auf. Dann setzte er sich an den Tisch und wartete, was die Nacht noch so bringen würde.

-4-

Terry zuckte zusammen und fuhr aus der sitzenden Haltung hoch. Zu schnell, denn ihm wurde schwindlig. Er hielt sich am Küchentisch fest. Er war doch eingeschlafen. Zwar in einer orthopädisch bedenklichen Haltung auf dem Küchenstuhl, aber immerhin. Er konnte durch das Küchenfenster die Wiese im Morgenlicht sich sanft wiegen sehen. Was für ein grandioser Anblick! Doch etwas musste ihn erschreckt haben. Er wollte gerade die Küche verlassen, als er erst einen leisen Gong und danach ein lautes Krachen hörte. Er öffnete die Tür zum Wohnzimmer, und sein Herz blieb stehen.
Natürlich nicht wirklich. Aber in Gedanken schon. Diese großartige Standuhr, in die er sich schon beim ersten Blick verliebt hatte, war in sich zusammengebrochen. Das glatte Holz, handgearbeitet von einem wahren Künstler, war einfach in sich zusammengestürzt. Die goldenen Zeiger lagen am Boden, und das Uhrwerk war in viele Einzelteile zerbröselt. Fast hätte er sich die Haare gerauft, doch er verschaffte sich mit einem Tritt gegen den neben ihn stehenden Stuhl, der daraufhin ebenfalls in alle Bestandteile zerfiel, Luft.
Den Wutschrei, den er noch hinterherschicken wollte, blieb ihm im Halse stecken, als er eine Klinge an seinem Hals spürte.
„Có ás a tha sibh, Sasannach?"
Terry hielt erschrocken in der Bewegung inne. Ihm fiel auf, dass die Klinge auch schon bessere Zeiten erlebt hatte. Überall konnte er Flugrost erkennen. Der Besitzer dieser fadenscheinigen Klinge stand schräg hinter ihm. Dem Geruch nach zu urteilen, konnte er nicht viel besser als sein Schwert gepflegt sein. Schon komisch, was für Gedanken einem mit einer Klinge am Hals durch den Kopf gingen, dachte er.
„Ich spreche nur englisch. Ich komme aus Deutschland."

„Gearmailteach?"

„Wenn das deutsch heißt – ja, ich komme aus Deutschland." Die Klinge zog sich etwas von seinem Hals zurück, ohne ihn jedoch vollends freizugeben.

„Was macht Ihr hier?" Der Dialekt identifizierte ihn zweifelsfrei als Schotten. Die harte, vernuschelte Aussprache war wohl einmalig.

„Ich bin der neue Besitzer. Und Sie befinden sich auf meinem Grund und Boden. Die Frage wäre von meiner Seite also durchaus berechtigt."

Ein Schnaufen antwortete ihm. Für Terry klang es verächtlich und herablassend. Die Klinge verschwand endgültig aus seinem Gesichtsfeld, und er drehte sich um. Was er sah, ließ ihn nicht gerade zuversichtlicher werden, was seinen weiteren Lebensweg anging.

Eine ziemlich abgerissene Gestalt stand vor ihm. Die lumpige Variante eines Klischee-Schotten. Kilt und Plaid waren an vielen Stellen gerissen. Die Kokarde der Mütze war zerbeult, aber am schlimmsten sahen die sichtbaren Körperteile aus. Reste von Haut hatten sich noch an Arm- und Beinknochen in scheinbar letzter Verzweiflung geklammert. Das Gesicht war davon völlig befreit und legte einen Schädel in vollendeter anatomischer Beschaffenheit dar. Lediglich in den Höhlen der Augen glimmte ein feines rotes Licht.

Das rote Licht!

„Alter, die Frau hatte tatsächlich Recht."

Der Knochenmann sah ihn an.

„Welche Frau?"

„Egal. Sie sagte mir nur, hier würde es spuken, und ihr hättet schon einige Leute in die Flucht geschlagen, die hier wohnen wollten. Ihr wart es letzte Nacht, die mich um den Schlaf gebracht haben, oder bist du allein?"

Statt einer Antwort bedeutete ihm der Schotte mit dem Zeigefinger, ihm zu folgen. Sie gingen die Treppe hinauf in den zweiten Stock. Der von Terry als Loft empfundene Holzaufbau hatte an der hinteren rechten Ecke eine falsche Wand. Der Knochenmann betätigte einen verborgenen Hebel, und eine kleine Tür ging auf. Dahinter starrten ihn aus rot glimmenden Augen zwei weitere nicht ganz frische Schotten an.

Terry blieb stocksteif stehen, während sich die drei Herren in dieser unverständlichen Sprache unterhielten. Sie schienen sich zu streiten. Auch die anderen beiden hatten schon bessere Zeiten erlebt und sahen von der Kleidung wie auch vom körperlichen Verfall her ähnlich aus. Plötzlich herrschte ihn einer an.

„Dé an t-ainm a th´ort?"

Terry blinzelte ihn an.

„Ich verstehe das nicht."

„Er will wissen, wie Ihr heißt."

„Terry. Terry Steiner."

Er streckte sich zu voller Größe.

„Und, das möchte ich hinzufügen, ich bin der neue Besitzer des Hauses. Von Untermietern war nicht die Rede."

Dröhnendes Lachen war ihm Antwort genug.

„Suid sios! Setzt Euch!"

Terry zog sich einen Hocker aus der Ecke hervor und setzte sich.

„Finley, Callum und ich bin Seamus. Ihr kennt unsere Geschichte?"

Terry sagte ihnen, was er von der redseligen Verkäuferin in der Ortschaft erfahren hatte. Die drei nickten dazu.

„Dass wir trotzdem noch hier sind, hat nur diesen einen Grund."

Seamus holte aus einem Winkel seines Plaids ein Medaillon hervor. Es zeigte auf eine einfache Art einen   Drachen, der sich um ein Schwert wickelte, welches mit keltischem Knotwerk stilisiert dargestellt wurde. Rund um dieses Motiv waren verschiedene Striche angeordnet.

„Ogham. Die Schrift unserer Ahnen."

„Was bedeutet dieses Medaillon?"

„Wir wissen es nicht. Die Inschrift lautet: Die Zeit ist ein Verbündeter. Wenn wir sie gälisch aussprechen, beginnt ein Sonnenrad zu tanzen. Wir können durch dieses hindurchgehen und finden uns in Culloden am Tag der Schlacht wieder. Doch wir können nicht eingreifen. Fortwährend sehen wir unsere Brüder sterben und können nichts tun. Wenn wir erneut durch das Rad gehen, sind wir zurück im Haus."

Terry schluckte. Die Sache wurde wirklich interessant. Vielleicht hatte er doch ein gutes Geschäft gemacht. Nur Bogey durfte davon nichts erfahren. Jedenfalls nicht so lange, bis er den Restbetrag für das Haus überwiesen hatte.

„Woher habt ihr es?"

„Cumberlands Vasallen töteten uns und warfen uns danach in eine Grube. Als wir erwachten, lag diese Münze unter meinem Körper, und über uns prangte dieses Haus. Wir brauchten einige Zeit, unser Grab zu verlassen, und noch mehr, um zu erfahren, was mit der Welt in den ganzen Jahren seit Culloden passiert war. Irgendwann las ich die Inschrift laut vor. Am Ende landeten wir in diesem Haus."

Terry zog ein Gesicht, als hätte er einen Liter Wurstwasser trinken müssen.

„Okay, nette Geschichte. Und jetzt alle raus hier. Mein Haus. Ihr könnt hier nicht bleiben."

Die Schotten blickten sich an. Finley ergriff als Erster das Wort. Er grinste dabei über das ganze Gesicht und zeigte durch die verbliebenen Hautreste seine Zähne

„Ihr täuscht Euch. Wenn einer geht, seid Ihr das. Dies ist unser Grabplatz. Wir waren zuerst hier. Falls nicht, wir brauchen keinen Schlaf und können Tag und Nacht hier im Haus die Ketten rasseln lassen, wenn Ihr das wünscht."

Er hatte so recht. Terry konnte nichts machen. Außer das Haus zu verkaufen. Bogey, der verdammte Mistkerl! Er musste doch davon gewusst haben. Kein Käufer hatte hier länger als ein paar Wochen durchgehalten. Das musste aufgefallen sein. Er wählte Bogeys Nummer.

„Ah, Mr. Steiner. Ich bin noch nicht dazu gekommen, den Schlüssel zu schicken. Obwohl schon gut zwei Stunden um sind."

Terry spuckte die Worte in den Hörer.

„Sie wussten es, oder? Bogey, sagen Sie mir die Wahrheit."

Bogey lehnte sich in seinem Stuhl zurück. Er kannte den Beginn dieser Gespräche. An dem Haus schien wirklich etwas faul zu sein. Jedes Mal hatten die Leute mit Panik in der Stimme angerufen. Doch diesmal würde er nicht klein beigeben und das Haus zurücknehmen. Diesmal nicht.

„Ich weiß nicht, wovon Sie reden. Der Vertrag ist einwandfrei. Ich habe Ihnen nichts verschwiegen."

„Wenn Sie den Vertrag nicht rückgängig machen, zahle ich den Restbetrag nicht mehr."

Bogey schüttelte den Kopf.

„Dann verklage ich Sie. Kein Problem."

Das Klicken verriet Terry, dass sein Gegenüber aufgelegt hatte. Tolle Sache. Er stand auf.

„Ihr könnt mich alle mal." Dann lief er die Treppen herunter, verließ das Haus und fuhr in Richtung Otter Ferry davon.

Terry erwachte mit geschwollenen Augen und dickem Kopf. Zuerst konnte er sich an nichts erinnern, doch dann kam die Erinnerung wie eine Welle zurück. Ihm wurde übel, und er schaffte es gerade noch ins Bad.

Nach einer kurzen Katzenwäsche verließ er das Zimmer und ging die Treppe hinab ins Gasthaus.

Er war gestern direkt in den Oystercatcher Pub von Otter Ferry gegangen, hatte sich ein McEwans Ale nach dem anderen bestellt und den Gästen mit seiner Geschichte den letzten Nerv geraubt. Lindsey, die nette Aushilfe, hatte ihn schließlich auf ein Zimmer gebracht. Er hatte darauf bestanden, eins zu mieten, und weigerte sich, sich nach Hause fahren zu lassen.

„Ah, der verrückte Deutsche ist wieder wach."

Lindsey lachte ihn an. Ihre blonden Haare, die gestern noch bis auf die Schultern fielen, hatte sie zu einem Pferdeschwanz gebunden.

„Was heißt das?"

„So wurden Sie gestern von den Gästen genannt, als Sie immer und immer wieder die Geschichte der drei Highlander anstimmten. Möchten Sie Frühstück?"

Er nickte und bekam das volle Programm an Müsli, einen großen Teller mit gebackenen Bohnen, Brat- und Blutwurst, gebratene Tomaten und Pilze und danach Toast mit Butter und Marmelade. Dazu literweise Kaffee.

Im Pub war wenig los, und so fragte Lindsey, ob sie sich zu ihm setzen durfte. Er hatte nichts dagegen.

„Mr. Steiner, wenn Ihre Geschichte stimmt, wäre das doch eine nie versiegende Geldquelle."

Terry verdrückte gerade die Blutwurst, verschluckte sich, hustete und trank Kaffee hinterher.

„Erklären Sie mir das."

„Na ja, Culloden ist ein Trauma Schottlands. Die Clans können bis heute nicht den Verlust verarbeiten. Wenn man also wirklich zurück auf das Schlachtfeld nach Culloden kann und es sich, sozusagen aus erster Hand, anschauen könnte, würde das zum einen vielleicht bis heute verschüttete Informationen zutage fördern, und zum anderen wäre es eine Touristenattraktion. Sie machen aus einem Teil Ihres Hauses ein Bed&Breakfast, richten zwei oder drei Zimmer ein, und als Draufgabe gibt es eine Führung über Culloden."

Terry kaute und nickte. Er schaute Lindsey in die blauen Augen. Sie hatte eine wirklich gute Idee. Die Frage war nur, ob es wirklich ungefährlich war und ob die drei Schotten mitspielten.

Er legte das Geld für die Übernachtung und das Frühstück auf den Tisch und stand auf.

„Ich melde mich bei Ihnen, Lindsey." Dann verschwand er zum Auto.

-7-

„Los, ihr tapferen Hochländer, macht auf. Wir müssen reden."

Terry hämmerte an die Wand im zweiten Stock. Staub rieselte aus allen Ritzen und tanzte in einem Strahl der Sonne, der sich hier herein verirrt hatte. Mit einem Klacken ging die Tür auf, und die glimmenden Augen in den skelettierten Schädeln ließen erneut Eiswürfel auf seine Nervenspitzen fallen. Das musste auf jeden Fall geändert werden. Oder aber er musste sich die Legenden Schottlands zunutze machen und nicht nur Culloden, sondern ein volles Programm inklusive Horrorshow aufbieten.

„Und was sagt ihr dazu?" Seamus rückte als Erster mit der Sprache raus. „Das verletzt unsere Ehre und die unserer Brüder, die ihr Leben für Schottland gelassen haben."

„Aber es besteht die Möglichkeit zu zeigen, wie tapfer sich die Clans gegen die Unterdrückung auflehnten. Mit welcher Inbrunst sie kämpften."

Die drei diskutierten lauthals und ausgiebig in Gälisch. Terry hörte nur unverständliche Laute und verabschiedete sich schließlich mit dem Hinweis, dass er noch einiges im Haus tun musste. Nach ein paar Stunden kam Finley zu ihm.

„Du kannst uns nicht zwingen."

„Sag den anderen beiden, sie sollen runterkommen. Ich will ihnen was zeigen." Er legte den Film *The Frighteners* in den Videorekorder.

„Das ist eine Dokumentation von einem Freund von mir. Ich will euch nicht drohen, aber wenn ihr nicht kooperiert, werde ich ihn hierher einladen, und dann können wir spielen. Mein Haus – meine Regeln."

Nach dem Film stimmten alle drei zu.

27

„Was noch fehlt, Leute, ist ein Versuch meinerseits. Auch wenn ich Angst um meinen Hintern habe, es nutzt nichts, erst herauszufinden, dass es gefährlich ist, wenn wir Besucher hierhatten. Also, aktiviert das Medaillon und gehen wir rüber."

Die drei Highlander holten ihren Schatz und schauten zu Terry. „Wir haben Euch doch schon gesagt, dass wir immer wieder hier landen und das Tor beständig offen ist."

„Tja, das sagt ihr. Ihr habt nur ein Handicap, den Tod. Und ich würde ungern ein B&B eröffnen und gleich mit einem Todesfall beginnen. Also los."

Nach der Aktivierung erschien ein mannshoher gelb-grüner Lichterkranz. Terry musste im ersten Moment die Augen schließen, zu hell erstrahlte das Licht.

Seamus winkte ihn heran.

„Wir gehen zusammen."

Der Geruch nach feuchtem Heidegras empfing Terry auf der anderen Seite des Kranzes. Er blickte zurück und sah ihn unverändert scheinen.

"Selbst als wir nach unserem Erwachen in Culloden waren und das Medaillon einsetzten, kamen wir wieder an dem Haus heraus. Also keine Angst."

Terry konnte nicht recht Mut fassen, wenn ein Knochenmann ihm von wegen keiner Angst kam. Aber er riss sich zusammen.

Er konnte mehrere Lagerfeuer sehen und hörte Gelächter.

„Cumberland feiert seinen Geburtstag. Es wird noch ein paar Stunden dauern bis zum Angriff."

„Warum habt ihr bis zum Morgengrauen gewartet? Jetzt wäre es doch perfekt."

"Wir waren schon sehr lange marschiert und entsprechend müde. Wir haben das Lager nicht gleich gefunden. So konnten wir erst gegen Morgengrauen angreifen. Ohne Schlaf und ohne etwas zu Essen. Es war zum Scheitern verurteilt."

Terry ging auf das Zelt Cumberlands zu. Die Wache davor sah ihn nicht. Er versuchte sie zu berühren, doch griff durch sie hindurch. Auch durch die Zeltplane konnte er einfach gehen und sah sich Cumberland gegenüber, der ein Glas Wein trank und etwas Fleisch dazu aß. Terry musste zugeben, dass er eine gute Figur machte. Selbst hier, abgeschnitten von der Sicht seiner Getreuen, hatte er etwas an sich, was man nur als Autorität bezeichnen konnte. Terry versuchte nach ihm zu greifen, aber wieder bekam er nur Luft zu fassen.

„Wir kommen immer zu der gleichen Zeit hier an, in der wir in der Gegenwart das Medaillon aktivieren. Allerdings immer nur am 16 April 1746."

Terry hatte genug gesehen.

„Gehen wir zurück. Wenn alles gutgeht, fangen wir morgen an, unser weiteres Vorgehen zu planen."

-9-

Angus Bogey stand neben Terry im Vorgarten des Hauses.

„Das war eine gute Idee mit dem B&B. Ich habe bereits dem obersten Chef davon berichtet. Er will demnächst mal vorbeischauen. Wie er ärgere auch ich mich, nicht dem ganzen Gerede geglaubt zu haben. Wir hätten so mehr verdienen können als an dem Verkauf."

Terry lächelte ihn an.

„Ich glaube, Sie haben auch so gut verdient."

Bogey grinste.

„Darf ich eine Nacht hier verbringen?"

Terry hielt ihm die Tür auf.

„Nur herein."

Beide sahen nicht, dass Seamus sie beobachtet hatte. Das Schwert in seiner Hand sah mittlerweile wieder aus wie neu.

Der obskure Fall Binockerl

Andreas B. Vornehm

-Intro-

Als ein Mann der Worte könnte ich Ihnen ein Lied davon singen, dass nicht jeder sogenannte kluge Satz, der sich hinter der strengen Form unwiderlegbarer Vernunft versteckt, von tatsächlicher geistiger Größe getragen wird beziehungsweise nicht ausschließlich den Gesetzen der Rationalität gehorchen muss. Zum Beweis für die eingangs eingeführte These möchte ich Ihnen deshalb die Geschichte von Samuel Theodor Binockerl erzählen, eine Geschichte, von der ich vermute, dass sie Ihnen höchst unglaubwürdig erscheinen mag, ja wahrscheinlich sogar, Ihrem Maß an Verständnis nach zu urteilen, ganz und gar Unsinn mitteilt, ich aber meine Hand dafür ins Feuer lege zu versichern, jedes Wort dieser rätselhaften Lebensgeschichte entspringt unverfälscht und rein den Quellen der Wahrheit.

Einer dieser klugen Sätze, die so tun, als ob, entstammt der komplizierten Hirnakrobatik einer legendären Denkergestalt, die im Leben des Samuel Theodor Binockerl eine nicht unerhebliche Rolle spielen sollte. Dieser wohlbekannte Satz, von dem ich hier spreche, beendet den *Tractatus logico-philosophicus* von Ludwig Wittgenstein und lautet: »Siebentens: Wovon man nicht sprechen kann, darüber muss man schweigen.«

Es versteht sich eigentlich von selbst, dass ich dieser Aussage als ein Mann der Wortkunst höchst kritisch gegenüberstehe. Aber angesichts unserer lärmenden Geschwätzigkeit in diesem nichtssagenden Leben heutzutage möchte ich meinen, gerade worüber man im Allgemeinen redet, sollte man womöglich besser den Mantel des Schweigens legen, um das eigene Denkvermögen vor dem unerträglich gedankenlosen Palaver zu schützen. Aber das ist selbstverständlich polemisch gemeint, denn würde ich allumfassend schweigen, was ja nicht der Fall ist, ich könnte mit meinen Geschichten keinen Blumentopf gewinnen, was durchaus der Fall ist.

Überhaupt: Wo kämen denn all diese schrecklichen Geschichten her, beispielsweise die von der alten Dame, die ihren Pudel nach dem Baden zum Trocknen in die Mikrowelle setzt, wenn nur noch geschwiegen würde? Ich – und ich denke, dass ich damit meinen Berufsstand der Schreiber würdig vertrete – lasse mich eher dazu hinreißen zu sagen, dass ein Leben nur so weit wirklich existiert, als man darüber zu berichten weiß. Allerdings kann es vorkommen, dass nicht alles, was erzählt wird, immer ins Schwarze der Tatsächlichkeiten trifft, mitunter verfehlt der Pfeil des wirklichen Geschehens sein Ziel und landet im ominösen Bereich der Verfälschung. Über den Wiener Philosophen Wittgenstein wird beispielsweise erzählt, er hätte an der Universität in Cambridge versucht, bei einem philosophischen Streitgespräch seinem Kollegen Sir Karl Raimund Popper mit dem Feuerhaken seine philosophische Weltsicht einzubläuen. In Wahrheit aber saßen sich die beiden Denker in einem Wiener Kaffeehaus disputierend gegenüber, und da der Herr Wittgenstein ein schusseliger, höchst nervöser Zeitgenosse war, der viel und hektisch beim Monologisieren herumzufuchteln pflegte, fiel ihm dabei sein Löffelchen in die Kaffeetasse des Kollegen, der dafür keinerlei Verständnis zeigte und höchst gekränkt, schlimmste Beschimpfungen von sich schnaubend das Kaffeehaus verließ, um fortan zu behaupten, Wittgenstein sei ein falscher Prophet und seine klugen Worte kalter Kaffee. So jedenfalls hat es mir Samuel Theodor Binockerl persönlich erzählt, und er musste es schließlich wissen, war er doch wirklich sehr intim mit dem Herrn Wittgenstein befreundet.

Aber genug der einleitenden Worte, und staunen Sie über das, was ich Ihnen über den obskuren Fall Samuel Theodor Binockerl zu erzählen habe.

-Berlin im Jahr 2004-

Die Ursache für das komplexe Netzwerk von Rissen und Kratzern im einstmals kalte Schönheit erzeugenden Marmor-Entree des Binockerl-Hauses in der Weserstraße 13, fünf Minuten Fußmarsch vom Landwehrkanal entfernt, war nicht, wie man hätte annehmen können, dem Fortlauf der Zeit als solchem anzulasten, sondern dem Verfall zivilisatorischer Indikatoren innerhalb des Stadtteiles Neukölln. Mit anderen Worten, die Vandalen waren hier unter sich, und dies tat dem Haus überhaupt nicht gut. Samuel Theodor Binockerl wusste dies und war doch hilflos gegenüber dem neuzeitlichen Krampfaderbefall seines architektonischen Lebenswerkes. Er hatte irgendwann aufgehört, die Stunden zu zählen, in denen er auf die eine Gelegenheit lauerte, seinem Kellerkerker zu entkommen, um dieser tumorartigen Entwicklung seines Hauses Einhalt zu gebieten. Die Außenfassade war mittlerweile wie von blauen Flecken und Ekzemen mit Graffitis gezeichnet, und die ursprüngliche Hausfarbe war welk und schwarz geworden in den letzten fünfzig Jahren. Sein Lichthaus, wie es einst gepriesen wurde, sah nun aus wie ein schauerliches Gebäude, der Phantasie eines Edgar Allan Poe oder H. P. Lovecraft entsprungen. Im Kiez hatte es den Beinamen »Vampirtempel« erhalten, und dementsprechend entstammte seine derzeitige Mieterschaft eher einem degenerierten Restelager der Menschheit. Unter den Mietern gab es kein Anzeichen auch nur eines hyperboreischen Abkömmlings des sagenhaften Nordvolks, welches nur von Baumfrüchten und Gerechtigkeit leben wollte. Samuel Theodor Binockerl vermutete, dass sein manischer Hang zur Gerechtigkeit überhaupt nur der Grund sein konnte, mit 115 Jahren immer noch unter den Lebenden zu sein.

Seinerzeit war das Haus ein Wunder apollinischer Schaffenskraft gewesen, unter konzeptioneller Mitwirkung seines Freundes Ludwig Wittgenstein als eine Art logischer Kristall der Architekturkunst 1913 in nur einem Jahr Bauzeit entstanden. Im gleichen Jahr übrigens erbaute Ludwig Wittgenstein seine Hütte im norwegischen Skjolden mit seinen eigenen Händen weitab menschlicher Ansiedlungen, den Grundplan für den *Tractatus logico-philosophicus* bereits fest in seinem Kopf zementiert.

Die Freunde wurden beide am 26. April 1889 in Wien geboren. Ludwig war zwei Stunden früher und zwei Häuser weiter, ohne irgendeinen Laut von sich zu geben, absolut schweigend, ins Leben hinausgepresst worden, während Samuel sich als der geborene Gerechtigkeitsfanatiker gleich lautstark gegen die Ungerechtigkeit des Lebens anschreiend bemerkbar machte. Beiden war eine gewisse nomadische Leidenschaft in die Wiege gelegt worden, sie neigten kein bisschen dazu, sich lokalpatriotisch zu tief in ihrer Heimatstadt Wien zu verwurzeln, und eilten den noch kommenden Zeiten in puncto innerer Unruhe und Friedlosigkeit voraus.

Ludwig blieb jedoch in späteren Jahren Großbritannien immer ein wenig loyal verbunden. Samuel Theodor entwickelte bezüglich der Stadt Berlin eine ähnliche Affinität. Berlin hatten die Freunde durch ihr Ingenieursstudium an der Technischen Hochschule in Charlottenburg recht gut erkundet und dabei zu schätzen gelernt. Samuel Theodor Binockerl erinnerte sich zum Trost gerne an ihre Studentenjahre in Berlin, vor allem in seinen verzweifelten Stunden der Kellerkerkerhaft, wenn er es wieder nicht vollbracht hatte, durch stundenlanges Klopfen seiner Beinchen gegen eines der vielen Heizungsrohre einen der Bewohner in den Keller zu locken. Ihn selbst wunderte dies umso mehr, da es ihm sehr wohl möglich war, durch konzentriertes Ohranlegen an eben dieses Rohrsystem den meisten im Haus stattfindenden Gesprächen zu lauschen, eine Tätigkeit, die ihm allerdings kein rechtes Vergnügen bereitete, da der intellektuelle Anteil dieser primatenähnlichen Mitteilungsbemühungen in etwa dem entsprach, was man einer Banane an Intelligenz zugestehen konnte. Den modernen Heizungseinbau hatte er übrigens Anfang der siebziger Jahre des vergangenen Jahrhunderts durch sein geheimes Wirken innerhalb der damaligen Mieterschaft zu veranlassen gewusst. Oh, wie lange das her war und wie sehr er doch seine damalige Mobilität durch alle Räume seines Hauses genossen hatte, bevor er in diesen Keller geriet. Und aus irgendeinem ihm nicht verständlichen Grund war der Keller unter den jetzigen Bewohnern zur »No-go area« erklärt worden, und dies, obwohl die meisten mit den gesetzlichen Regeln nicht gerade in Einklang standen. An das Gesetz, den Keller nicht zu betreten, hielten sich die Mieter jedoch ohne Ausnahme, als hätte der Teufel den Keller mit seinem Urin reviermarkiert. Und so verlebte Binockerl seine Zeit unter Tage im Dunkeln. Er war im Keller gefangen, den Verfall seines Hauses täglich im Bewusstsein, innerlich ausgehöhlt und ermüdet von dem Unvermögen, diesem Mangel an Wertschätzung seinem Haus gegenüber in seiner jetzigen körperlichen Form energisch entgegensteuern zu können, und fast befürchtete er, dass es nun sowieso bereits zu spät sei, den bisherigen Schaden wieder korrigieren zu können. Und wenn er es ganz genau und ehrlich bedachte, er hatte auch keine Lust mehr dazu, er war einfach nur noch müde.

Und an all seinem Unglück war dieser verdammte Blaschkowitz schuld. Irgendwie war es Blaschkowitz gelungen, ihn auszutricksen, damals vor zehn, zwanzig oder dreißig Jahren. Schon breitete sich der Ärger lawinenartig in ihm aus, er reckte und streckte sich in seiner Empörung, es knackte wie immer so unmenschlich, dass es ihn schauderte, da registrierten seine hellhörigen Sinne draußen im Treppenbereich Schritte, ziemlich schlurfende Schritte. Es kamen von weit oben Menschen die Treppe hinab. Offensichtlich waren dort Mieter unterwegs. Nach ganz oben wollte Samuel Theodor Binockerl auch, aber in seiner jetzigen Verfassung war dies ein absolut unmögliches Unterfangen. Ins Dachgeschoss wollte er, raus aus diesem Keller, zurück an den Ort, an dem alles seinen Anfang hatte.

Samuel Theodor Binockerl bewegte sich leise im Kellerdunkel vorwärts, eine quälende Anstrengung, und für ihn war es, als durchquere er eine Wüste aus Staub und Dreck und Ruß und toten Fliegen, jede Fluse hatte sich in all den Jahren mit seinen Flüchen vollgesogen. Hinter einer babelhohen Anhäufung ausrangierter Möbelstücke versteckte er sich und lauschte in den Treppenaufgang hinein, durch eine stählerne Schutztür drang gedämpft Sprache zu ihm herab.

„Pass uff, sagt der Arzt zu mir, das wär ein Stressekzem, und ich sage, meine Güte, Doktor, wo soll ich denn Stress haben, ich mach doch den ganzen Tag fast nichts. Also, wenn Sie mir sagen würden, das wär aus Gründen der Überdosierung ne Bierallergie, dann könnte ich Ihnen Recht geben, aber Stress, meine Güte.«»Gibt's so was?"

„Was? Stress?"

„Na, Bierallergie, was sonst? Hab ich noch nie was von gehört!"

„Keine Ahnung. Warum ist das wichtig?"

„Na, mir juckt es immer so komisch, nach dem fünften Bier, weißte?"

„Hab ich studiert oder was? Ich kann dir ja mal die Nummer von meinem Doc geben. Der kennt sich da besser aus. Aber kann sein, er will dir auch ein Stressekzem unterjubeln."

„Also, Hefeallergie gibt's, habe ich in der Zeitung gelesen."

„Na, Hefe ist im Bier schon drin, aber vielleicht wäschst du dich einfach öfters, wenn's dich juckt."

„Willst du sagen, ich stinke oder was?"

„Na, dass du nicht wie Frühling riechst, brauch ich dir nicht zu sagen."

„Noch so ein Wort, und du hast echten Stress am Hals, Mann."

Binockerl bekam vor Abscheu über diese Salbaderei eine Depression, aber die Hoffnung darauf, dass sich diese Idioten, die ganz locker eine Nuss vom Baum quatschen konnten, vielleicht in den Keller verirrten, ließ ihn den Beweis ertragen, dass im Fortlauf der Zivilisation die Sprachtheorie nutzlos geworden sein musste.

„Na, na, komm schon, ich lad dich zum Bier ein, was meinste?"

„Okay, das ist ein Wort. Habe ich dir eigentlich schon von Josch erzählt?"

„Hä? Von wem?"

„Na, Josch ... der scheele Pampanini! Giovanni, kennste doch."

„Ach, der Heini, ne, nichts haste mir erzählt."

»Also, pass uff, Josch sitzt in so nem Toilettenteil inner Bahn von Amsterdam nach Berlin. Regionalzug, Bummelfahrt. Die Grenze hat er schon lange hinter sich, aber nervös wie sonst was, will er sich versichern, ob seine Ware noch an Ort und Stelle ist. Du musst wissen, der Josch transportiert für Murat manchmal Koks von Holland nach Deutschland, und zwar in seiner Unterhose, er meint, das sei ein sicherer Ort, weil niemand lange auf sone Stelle guckt oder da hinlangt, wenn so ein hässlicher Kerl wie er so offensichtlich einen Steifen hat. Na jedenfalls, nestelt er da an seinem Hosenlatz herum und in seiner Nervosität fällt ihm der Plastikbeutel mit dem Koks ins Klo. Er natürlich mit seinen Griffeln voll den Griff ins Klo gemacht, um nach dem Koks zu fischen. So, pass uff, bleibt ihm sein Arm da drin stecken, wa."

„Echt, haha, der Heini, das gönn ich dem."

Bei dem ziegenähnlichen Gelächter erstarrte der Körper von Samuel Theodor Binockerl vor Ekel, und mit Wehmut dachte er an vergangene Zeiten zurück. Das war hier mal eine ansprechend großbürgerliche Gegend mit Esprit gewesen – vor der Invasion der Barbaren, in einem vergangenen goldenen Zeitalter der Intelligenz, weit jenseits dieser verblödeten Gegenwart.

„Also, er zerrt wie irr an seinem Arm, aber sein Scheißarm scheint mit dem Klo verwachsen, er bekommt ihn absolut nicht raus, Mann. Da hat er aber ein Problem, der Josch, und er schwitzt, überlegt, was er tun soll und so. Na, jedenfalls bleibt ihm nichts übrig, als nach dem Zugpersonal zu schreien. Allerdings können die ihm auch nicht helfen, sein Arm bleibt mit der Metallschüssel verwachsen. Die müssen den Zug anhalten und die Feuerwehr holen. Die ganze Strecke wird gesperrt, und ne Menge Züge müssen umgeleitet werden. Die

Feuerwehr hat ihn jedenfalls mit dem Schneidbrenner aus der Metallverriegelung rausgeschnitten, nach drei Stunden. Hat dem Josch ne Menge Brandnarben eingebracht und fünfzehn Monate Bau. Aber der Clou, Alter, die Bahn drückt ihm auch noch die Kosten wegen der Umleitung aufs Auge."

Ein Lachen wie aus dem Neandertal, ein rülpsartiges Geräusch, ein Türknallen und Schritte auf dem Straßenpflaster über ihm, und Binockerl war zumindesten von seinen akustischen Qualen erlöst. Der Bann erhielt sich jedenfalls aufrecht, niemand fühlte sich frei genug, den Keller aufzusuchen. Irgendein siebenter Sinn veranlasste die Mieter, sich im Keller nicht auf eine Konfrontation mit Samuel Theodor Binockerl einzulassen. In dem Falle der beiden Dussel soeben hätte es ihn auch Überwindung gekostet, sich einen von denen zu schnappen.

-Berlin im Jahre 1936-

Binockerls Beharren auf Gerechtigkeit war sehr viel größer als seine Ängste vor den Nazis. Karl Eduard Ginster hatte ihm soeben die Knorpel- und Knochenkonstruktionen seiner schönen Nase zerschlagen, und davor hatte ihn ein Stiefeltritt die Vorderzähne gekostet, an die Beschaffenheit seiner Hoden mochte Binockerl nicht denken. Wie bei einem Erdbeben kam der Schmerz in kurzen abrupten Schüben und erschütterte seinen Glauben an den Menschen. Aus einer Blutblase vor seinem Mund ploppte ein:

„Ihr Nationalsozialisten bekommt auch noch, was ihr verdient" mitten ins schmissvernarbte Arierantlitz von Karl Eduard Ginster, der sich eine blutverschmierte lederbehandschuhte Hand an eines seiner Nasenlöcher hielt und Binockerl seine Antwort rotzte. Eines der Gestapo-Helferlein lachte und sagte noch:

„Der Jude wird es nicht mehr erleben, ob seine Prophezeiung zutrifft."

Sie waren zu fünft in die Weserstraße gekommen, und die Nacht hatte ihr Kommen getarnt. Ihre Kleidung war ein Signum des Bösartigen, dunkle Ledermäntel, schwarze Hüte, dazu vernunftentleerte Gesichter, vom Hass verzerrt, und sie hatten ihr obligatorisches Markenzeichen am Ärmel. Am 24. April 1936 war Samuel Theodor Binockerl in ihren Aktionsradius geraten, zwei Tage vor seinem siebenundvierzigsten Geburtstag. Ludwig

Wittgenstein hatte soeben seine Ferien in Frankreich beendet und war zu einem neunmonatigen Aufenthalt nach Norwegen aufgebrochen. Im Grunde hatte Samuel Theodor Binockerl es geahnt, dass so etwas geschehen könnte. Dabei waren die Möglichkeiten, Berlin beizeiten zu verlassen, gegeben, er aber konnte sein Haus nicht im Stich lassen.

Es war gegen halb zwei, der Regen klopfte sachte gegen das Dach, und sein Blut tropfte auf den Holzboden des Dachgeschosses einen begleitenden Rhythmus. Auf dem Dachboden befanden sich Karl Eduard Ginster, Samuel Binockerl, vier schattenhafte Gestapo-Schergen, ein Denunziant, eine tote Maus, etwa fünfzehn verstaubte mumifizierte Motten, ein verlassenes Wespennest, eine Kiste mit Liebesbriefen, die irgendein zu schüchterner Mensch niemals verschickt hatte, ein Stuhl und ein Strick, ansonsten nur Raum und Brutalität. Auf dem Boden mäanderte Binockerls Blut durch die Staubschicht, verklumpte hier und da, beizte das Holz dunkelbraun. Sie packten ihn, zwangen ihn, auf dem Stuhl zu stehen, und verknoteten seinen Hals mit dem Strick, der im Gebälk von seiner letzten Minute zeugte. In seinem Kopf herrschte noch Leben, unter dem Rippenbogen aber war Binockerl schon wie Staub. Als der Stuhl unter seinen Füßen weggezogen wurde und Newtons Gesetz mit aller Macht auf ihn einwirkte, ihm das Genick brach, war Binockerl für einen kleinen Moment erstaunt, dass mehr als nur Körperflüssigkeit durch diverse Ausgänge seinen Körper verließ. Ihm war so, als plumpse er durch ein Korsett aus Körpergewebe einfach in einen urstofflichen Zustand hinein. Die Luft um Samuel Binockerl schien zu zittern. Für einen kurzen Moment sah er sich dort im Dachgebälk hängen, und er hing außerhalb seines Körpers am Strick wie ein zartes Kleidungsstück aus allerfeinster Gaze an der Wäscheleine. Binockerl sah auch die Ansammlung debiler Brutalität, die sich um seinen Körper zur Totenwache versammelt hatte. Und war empört. War empört wie nie zuvor in seinem Leben. Ginster berührte seine Hand, offensichtlich wollte er seinen Goldring an sich nehmen. Aber der Körperkontakt funkte, und verästelte elektronische Entladungen tanzten auf seinem Körper erst Polka, danach den sterbenden Schwan, und mit einem Male spürte Binockerl Bewegung in sich aufkommen, er konnte spüren, wie etwas an ihm zerrte und zog, und er sah, wie er von Ginster wie Zigarettenrauch eingesaugt wurde, er vollkommen in Ginster verschwand. Er war jetzt in ihm, im Körper seines Mörders, und der Raum bekam seine Normalität zurück. Binockerl sah, dass sich die anderen Kollegen zu langweilen begannen.

„Mir ist langweilig", sagte eines der Helferlein.

„Jetzt nicht mehr", sagte Binockerl mit der Stimme von Karl Eduard Ginster und schoss dem Mordkollegen mit einer Luger P08 durch die Milz. Eine groteske Operette an hysterischen Schreien, begleitet von Schüssen, beschallte den Dachboden eine knappe Minute lang. Dann war es still. Dann war es sehr still. »Siebentens: Wovon man nicht sprechen kann, darüber muss man schweigen!«, dachte Binockerl in Ginsters Körper, und so schwieg er einfach und ging in seine Wohnung im vierten Stockwerk zurück, um sich das Blut aus dem Gesicht zu waschen.

-Berlin im Jahre 1975-

Es dauerte nicht allzu lang, bis sich für Samuel Theodor Binockerl das Staunen dekonstruierte und sich zu einer hundertprozentigen Alltäglichkeit neu zusammensetzen ließ. Was in jener Nacht genau geschah, konnte er sich nicht erklären, aber dafür waren die Köpfe seiner Wirte die reinsten Fundgruben an absonderlichen Erkenntnissen. Er hatte ja vorher überhaupt keine Vorstellung davon, was sich dort alles versteckt hielt. Die meisten Menschen schämten sich ihrer Gedanken und schwiegen sich darüber aus. Für Binockerl war seine neue Seinsform so etwas Ähnliches wie der Besitz einer Privatbibliothek über die Abseitigkeiten des menschlichen Denkens. Durch einen seiner Wirte wusste er beispielsweise alles über die komplizierte Technik der Schrumpfkopfherstellung. In einem anderen Wirt schlummerte die revolutionäre Idee einer vollkommen neuen Art der Energiegewinnung, die allerdings in den falschen Händen unter Umständen auch eine Katastrophe für die Menschheit bedeuten konnte, und so war es diesem Wirt unter Binockerls bescheidener Mitwirkung beschieden, zum Segen der Menschheit Hausmeister zu bleiben und seine Erfindung ad acta zu legen. Samuel Binockerl gefiel seine neue Seinsform jedenfalls sehr gut. Er wühlte im Gedächtnis anderer Leute, betrieb dort philosophische Untersuchungen, konnte über einen Körperkontakt seine Wirte wechseln, wie es ihm beliebte, und hatte so Zugang zu allen Wohnungen seines Hauses und somit die Vollkontrolle über alle Belange der Pflege seines Bauwerkes. Binockerl pflegte sich selbst höchst ironisch den Hausgeist der Weserstraße 13 zu nennen.

Samuel Binockerl war auch nicht ganz unbeteiligt an dem mysteriösen Tod von Karl Eduard Ginster. Binockerl hatte bereits nach noch nicht einmal zwölf Stunden mehr als genug von dem primitiven Geistespotenzial seines Wirtes und dessen Rassenwahn, der irreparablen Indoktrinierung, der psychopathischen Aggressivität und dem daraus resultierenden Zwang zu sadistischen Handlungen. Und so war er der Grund, weshalb Karl Eduard Ginster im Schlaf in lautes Lachen ausbrach. Ginsters Ehefrau Eva versuchte zwar verzweifelt, ihren Mann zu wecken, aber Ginster kicherte sich ohne Unterlass einem tausendjährigen Himmelreich entgegen, bis sich seine Atmung krampfartig verabschiedete. Der Arzt, der den Totenschein unterzeichnete, hatte nicht die geringste Erklärung für diesen ungewöhnlichen Todesfall, zumal Ginster ein kerngesunder Mann war, aber er war auch nicht gerade eine Koryphäe seines Berufsstandes, wie Samuel Theodor Binockerl nach dem Körpertausch in den Tiefen des Gehirns schnell herausfand.

Ich möchte jedoch nicht verschweigen, dass die Anwesenheit des Herrn Samuel Theodor Binockerl in seinen Wirten auch diverse Unannehmlichkeiten mit sich brachte. Das Eindringen selbst war für den Wirt mit einer achtstündigen Fieberattacke verbunden, und beim Austreten erlitt der Wirt einen heftigen Anfall von Oniomanie, krankhafter Kaufwahn befiel die bedauernswerten Opfer, und nicht wenige ruinierten sich innerhalb einer Woche mit teuer erworbenen Besitztümern, für die sie keinerlei Verwendung hatten.

Binockerl war über jeden Zweifel erhaben, er war sich absolut sicher, dass die Wirte nicht den geringsten Verdacht hatten, was mit ihnen geschah. Aber einer der Sätze, die halten, was sie versprechen, lautet: »*Irren ist menschlich.*« Nun gut, man könnte sich darüber streiten, ob die neue Seinsform des Samuel Theodor Binockerl noch als eine menschliche zu klassifizieren wäre. Aber eine Tatsache war es, Samuel Theodor Binockerl irrte sich ganz gewaltig, und so sollte er eine lange Zeit ohne Freude an seiner Existenz verbringen. Der entscheidende Fehler lag darin begründet, seine Wirte insgeheim zu unterschätzen. Und in Miroslav Blaschkowitz bekam Binockerl einen Wirt, der sein Schicksal maßgeblich beeinflussen sollte, denn Blaschkowitz wusste sofort, dass diese achtstündige Fieberattacke keineswegs von seinem Kuss auf die Handfläche des Fräulein Ziesecke herrühren konnte. Und nachdem sich dann schließlich Fräulein Ziesecke, eine ausgesprochen sparsame, junge, höchst reizvolle Person, nach seinem wagemutigen Kuss in ihren finanziellen Ruin stürzte, war Blaschkowitz' Misstrauen geweckt. Er hörte in sich hinein und war sich eigentlich ziemlich sicher, nicht mehr Herr im eigenen Körper zu sein. Blaschkowitz vermutete, dass er von einem Geist besessen war. Und als ein Mensch, der schon seit Jahren unter Schlaflosigkeit litt, beschäftigte der Herr Blaschkowitz Samuel Binockerl ohne Unterbrechung. Binockerl benötigte hingegen seine fünf Stunden Schlaf für die notwendige geistige Frische, sich in den Wirtskörpern zurechtzufinden. Mit weniger eigensinnigem Stolz hätte sich Binockerl dazu entscheiden können, den Wirt zu wechseln, aber Blaschkowitz' Widerstand weckte seine Ambitionen, nicht klein beigeben zu wollen, und außerdem führte der dauernde Schlafentzug bei Binockerl zu einer unüberlegten Trotzreaktion. Und was Blaschkowitz betrifft, er war nicht nur ein sehr selbstreflexiver Mensch und begabter Chemiker, er konnte sich auch einer fast schon unmenschlich zu bezeichnenden Trinkfestigkeit rühmen. Dagegen hatte Samuel Binockerl in seinem ganzen Leben noch niemals auch nur einen Tropfen Alkohol angerührt.

Blaschkowitz hatte also ein Ahnung davon, in sich einen Gast zu haben, und entschied sich für einen Exorzismus der besonderen Art: er war es gewöhnt, Verunsicherungen mit exzessivem Alkoholgenuss zu bekämpfen. So kam es, dass Samuel Theodor Binockerl nach der zweiten Flasche polnischen Wodkas gänzlich hilflos war. Blaschkowitz spürte diese aufkommende Schwäche der Geistererscheinung in ihm und machte sich eifrig ans Werk, sich von dem Plagegeist zu befreien.

»Hab ich dich«, lallte er, torkelte in sein Zimmerchemielabor, bewaffnete sich mit einer Eigenrezeptur an chemischen Duftstoffen, schwankte die Treppe hinab in den Keller, betrat den dunklen Raum mit der schweren Stahltür, in dem einst die Kohlen gelagert wurden, und kotzte sich dort Samuel Theodor Binockerl in drei energischen Schüben aus dem Leib. Und eine der Kotzfontänen schwemmte eine Kellerassel, die soeben dabei war, ein wenig Staub zu genießen, hinweg. Instinktiv rollte sie sich zu einer Kugel zusammen und überlebte diese unappetitliche Sintflut auch, wurde jedoch mit Samuel Binockerl quasi schwanger.

Stunden später sollte Binockerl aus einer Alkoholvergiftung erwachen, und diesmal war er es, der von Fieber geplagt wurde. Außerdem fühlte er sich reichlich beengt und spürte sofort, dass etwas absolut nicht stimmen konnte, denn in dem neuen Wirtskörper war nichts zu finden, worin er gedanklich hätte stöbern können. Nein, da war nichts, nichts außer Rauschen, hin und wieder von Signalen unterbrochen, die er weder verstehen noch deuten konnte. Sein Blickwinkel hatte sich drastisch verändert, sein Bauwerk, sein Lichthaus verfügte plötzlich über Dimensionen, die einfach nur gigantisch waren. Er versuchte, sich aufzurichten, doch das Knacken, das an sein Gehör drang, erschreckte ihn zutiefst. Und was er später nie in Erfahrung bringen konnte, war die eigentliche Ruhmestat des Miroslav Blaschkowitz. In wohlweislicher Überlegung hatte er den kompletten Keller mit einem von ihm selbst hergestellten chemischen Duftstoff imprägniert, der jede Form von Lebewesen veranlasste, schleunigst das Weite zu suchen, einem Duftstoff übrigens, der mit veränderten chemischen Baustoffen und kunstvollen Verbindungen sowohl zur Bekämpfung von Heuschreckenplagen wie auch zur Absicherung von Kinderspielplätzen gegen psychotische Kampfhunde eingesetzt wurde und Blaschkowitz zu einem reichen Mann machte, der leider viel zu früh an Leberzirrhose verstarb.

Also war der chemische Duftstoff der Grund, weshalb sich nie jemand in den abgesicherten Kellerraum verirrte, und Binockerl selbst war es auch nicht möglich, den Raum zu verlassen. Er kam an der Stahltür nicht vorbei, und der Raum hatte zwar ein schmales Fenster, aber dort hatte Blaschkowitz ganz perfide eine Insekten-Klebefalle aufgestellt, der Binockerl klugerweise aus dem Weg ging. Und so rauschte die Zeit im Kellerkerker dahin und nährte Binockerls Unglück eine kleine Ewigkeit.

-Berlin im Jahre 2004-

Da ich mit meinen eigenen Worten den Anfang dieser Geschichte bereits bereicherte, ist es nur recht und billig, mich am Schluss dieser Geschichte ebenfalls wieder einzumischen. Denn nun, da wir eiligen Schrittes dem Ende dieser zugegeben fantastischen Geschichte entgegeneilen, möchte ich Ihnen nochmals auf das Eindringlichste anvertrauen, dass alles wirklich wahr ist. Vielleicht stellt sich Ihnen die Frage, wie ich so überzeugt davon sein kann. Nun ja, dem ist so, da es mich persönlich betrifft. Ja, so ist es. Ich bin, wenn Sie so wollen, gezwungen worden, unter keinen Umständen zu diesen höchst eigenartigen Vorgängen zu schweigen. Und um ganz ehrlich zu sein, ich persönlich hätte mir viel lieber etwas ausgedacht, was ich Ihnen zum Lesen anbiete. Ich möchte Sie ja nicht langweilen, und falls Sie die Zeit noch erübrigen können, erzähle ich Ihnen gerne, wie ich in diese Angelegenheit, in diesen Fall Samuel Theodor Binockerl verwickelt wurde.

Nach längeren Schreibphasen bevorzuge ich es, mich ein wenig beim Spazierengehen zu entspannen. Auf einem dieser Spaziergänge, die immer vom Frankfurter Tor durch die Simon-Dach-Straße über die Modersohnbrücke in Richtung Görlitzer Park, zum Landwehrkanal ihre Stammroute haben, hatte ich nicht unwichtige Post von meinem Verleger bei mir. In diesem Brief hoffte ich eine positive Antwort bezüglich einer zukünftigen Romanveröffentlichung zu erhalten, allerdings hatte ich mich dazu entschlossen, den Brief später in meiner Wohnung zu lesen, nach Beendigung meines Spaziergangs. An jenem Tag, der mir den obskuren Fall Binockerl offenbarte, war es ein wenig stürmisch, zudem hatte ich entgegen meiner Gewohnheit einen anderen Weg eingeschlagen und mich im Neuköllner Kiez dabei leider verlaufen. Darüber ärgerte ich mich dermaßen, dass ich es plötzlich für eine gute Idee hielt, den Brief sofort zu öffnen, denn sollte darin eine Absage formuliert sein, hätte der schon vorhandene Ärger immerhin einen berechtigten Grund, wohingegen bei einer Zusage...

Sie verstehen schon. Leider blies mir der Wind diesen Brief aus der Hand und wehte ihn in eine Kelleröffnung hinein. Zum Glück war das Haus in einem desolaten Zustand, so dass die Eingangstür nicht verschlossen war. Und obwohl ich mich sehr überwinden musste, in diesen doch recht unfreundlich anmutenden Keller hinabzusteigen, war die Neugierde auf die Antwort meines Verlegers einfach größer. Und wie ich mich schließlich bücken möchte, um den Brief aufzuheben, der nicht ganz unerheblich meine Zukunft gestalten konnte, fällt mir etwas Insektenhaftes hinten in meinen Mantelkragen hinein. Eine Kellerassel, um genau zu sein. Den Rest können Sie sich sicher denken, will ich mal vermuten.

Gespenstergeschichte

Miriam Stephanie Reese

Ich war nicht blauäugig, obwohl ich mir in zweierlei Hinsicht wünschte, ich wäre es gewesen. Die Farbe meiner Augen ist graugrün, was nichts zur Sache tut. Doch ich möchte nicht, dass sich jemand mit der Kleinigkeit aufhält, darüber nachzudenken, wie ich den ersten Satz meinte, und wenn nicht blau, welche Farbe meine Augen dann hatten.

Vielmehr möchte ich, dass alle Aufmerksamkeit darauf gerichtet ist, dass ich nicht blauäugig im Sinne von naiv war. Leichtgläubig, ja. Aber nicht so, dass ich alles für bare Münze hielt, was man mir verkaufen wollte. Ich ließ mich lediglich gerne von unbedeutenden Betrügereien einlullen. Weshalb ich zwar willig an die Echtheit von Gespenstern, Geistergeschichten, Legenden, Mythen, Fabelwesen und Reliquien glaubte und gleichzeitig jedoch wusste, dass ich mich selbst damit beschwindelte. Oder war dem nicht so?

Was ich nun schreibe, wirft Zweifel an meiner Einstellung und meiner Überzeugung auf. Und ich bitte jeden, sich ein eigenes Bild zu machen und gleichzeitig dieses sich nicht in die Gedanken brennen zu lassen. In der Phantasie kann man sich, in welchen Farben auch immer, alles ausmalen. Je intensiver, desto markanter prägen sie sich in die Wirklichkeit ein. Das möchte ich verhindern. Es reicht aus, dass bei mir die Barriere zwischen der Realität – dem was ist – und einer anderen Welt – dem was nicht sein kann – ins Schwanken geriet.

Nicht ohne Grund entsteht beim Verdrehen der Teile des Wortes Leidenschaft die Warnung: schafft Leiden! Ich wollte es nicht wahrhaben, denn wie erwähnt, ich liebte die kleinen Lügen. Und so ist es auch nicht verwunderlich, dass meine Passion, mein Hobby darin bestand, parapsychologischen Phänomenen und Erscheinungen auf den Grund zu gehen. Ich war so etwas wie ein Geisterjäger – eine Bezeichnung, die ich im Übrigen nicht mochte, weshalb ich die ersten beiden Silben gerne wegließ. Was dann für sich stehenblieb, war der Jäger. Und auch diesen Begriff möchte ich an dieser Stelle korrigieren. Ich selbst sah mich eher als Sammler. Wenn man so will, als einer des Ungewöhnlichen. Mit Übernatürlichem hatte das bisher wenig zu tun gehabt.

Meine Leidenschaft, um sich wieder damit zu befassen, begriff sich also darin, dass ich alles studierte, was mit meinem Lieblingsthema zu tun hatte. Wie Vampire Blut sog ich alles förmlich in mich auf, was ich dazu in die Finger bekam. Das an sich war jedoch lediglich eine Vorstufe, eine Vorbereitung auf mein eigentliches Interesse – ich reiste zu Orten, denen man nachsagte, es spuke dort. Das brachte mich weit herum. Die Welt war für mich zu einem gewaltigen Drahtseil geworden. Und dennoch war es jedes Mal ein Akt, denn ich vollführen musste, um auf dem schmalen Grat der Seriosität zu wandeln. Meine Güte, wenn ich daran denke, welcher Scharlatanerie ich begegnete! Trotzdem ließ ich mir gern von den feinstgesponnenen Erzählungen und Überlieferungen einen Schauer über den Rücken laufen und einen Schreck einjagen, bis mir mein Verstand ganz klar suggerierte, welch einem Humbug ich aufgesessen war. Ich hatte mein Vergnügen daran.

Die Ziele meiner Reisen waren zumeist alte Burgen, deren Folterkammern, in denen man angeblich die Leichen der Opfer durch einen Schacht den Hunden zum Fraß vorgeworfen hatte, Schlösser, in denen sich Liebesdramen abgespielt hatten, die damit endeten, dass einer entweder Selbstmord beging oder eingemauert wurde, Friedhöfe, auf denen gefallene Soldaten noch heute kämpften oder den Weg nach Hause suchten, oder Häuser, in denen irgendwer einen Pakt mit Dämonen oder gar dem Teufel selbst eingegangen sein sollte.

Ich könnte zig Anekdoten wiedergeben! Für mich war das ein faszinierendes Spektrum – bis zu einem Tag...

Nichts, wahrlich nichts hatte mich je wirklich beängstigt. Nicht das amerikanische Schlachthaus, das abgerissen wurde und auf dessen Grund heute eine Musikkneipe steht, in der noch die enthauptete Gestalt einer Schwangeren erscheinen soll, an der zwei ihrer Freunde eine Abtreibung im fünften Monat mit Zahnarztbesteck vornehmen wollten, woran sie leider starb. Damit sie nicht identifiziert werden konnte, was zum Zeitpunkt, als der Mord geschah, gar nicht so einfach war, schnitten sie ihr den Kopf ab, der nie gefunden wurde. Ihrer Verurteilung entgingen die Täter dennoch nicht, was der armen jungen Frau aber auch nicht half, ihre Totenruhe zu finden.

Ich fürchtete mich auch nicht bei einem Spaziergang durch Mary King's Close, einem in Edinburgh/Schottland liegenden unterirdischen Gassenlabyrinth aus dem Mittelalter. Nicht ungewöhnlich für die Zeit und in einem dicht besiedelten Viertel, wie dieses eins war, brach damals, 1645, die Pest dort aus. Es wird gemunkelt, dass die Stadtväter alle Eingänge zumauern ließen, was die Verbreitung der Seuche in ganz Edinburgh verhindern sollte. Es gibt aber auch Gegenstimmen, die behaupten, es wurde lediglich eine

Quarantäne verhängt. Was als erwiesen gilt, ist, dass der Gestank der verwesenden Körper nach dem Abflauen der Epidemie so stark war, dass man zwei Henker mit der Beseitigung beauftragte. Diese führten sie aus, indem sie die Überreste der Toten zerstückelten, auf Karren luden und zu einem Ort brachten, an dem die Zeugnisse menschlichen Elends verbrannt wurden.

Bewegend ist hierbei vielleicht die Geschichte von Annie zu erwähnen, von der ich nicht sagen kann, ob sie wirklich einst dort gelebt hat oder der Phantasie entsprungen ist. Ein asiatisches Medium soll in einem Raum die gepeinigte Seele eines kleinen, frierenden, hungrigen Mädchens aufgespürt haben, dessen lange Haare ihm in ein mit Eiterpusteln übersätes Gesicht hingen und welches beklagte, es habe seine Puppe verloren. Seither legen noch heute viele Besucher Spielzeug in die Ecke des Raums, in dem Annie zum ersten Mal *gesehen* worden sein soll. Makaber ist, dass dieses später örtlichen Krankenhäusern gespendet wird, um Platz für neue Gaben zu machen. Aber das nur nebenbei bemerkt.

Auch eine Nacht in den Ruinen der Beelitzer Heilstätten, einst ein berühmter, heutzutage eher berüchtigter Ort im brandenburgischen Teil von Deutschland, konnte mich nicht schrecken. Dort war eine Klinik für an Tuberkulose − früher auch Schwindsucht genannt − Erkrankte. Ein Trakt des Krankenhauses war die Kinderstation. Dort starben viele, meist weit entfernt von ihren Familien. Eine schreckliche Vorstellung! Doch ich hörte weder ihr Wimmern noch Weinen, was man hier vernehmen können sollte. Ich fror lediglich, führte die Kälte jedoch nicht auf PSI-Erscheinungen zurück, sondern auf den Temperaturabfall um diese Zeit.

Um mich wieder etwas aufzuwärmen, unternahm ich einen Rundgang durch die Korridore, vorbei an Sälen, von denen ich in manchen noch bezeugen konnte, ob es sich mal um eine Küche oder einen Operationsbereich gehandelt hatte oder um eine Halle, in der Krankenbett neben Krankenbett stand, nur getrennt durch einen Paravent, wenn überhaupt. Die Räumlichkeiten waren kahl, fast bar alle dessen, was jemals in ihnen gewesen sein mochte, meistens leer und geplündert, bis auf den Staub vergangener Zeit, gezeichnet vom Vandalismus der heutigen. In einzelnen Zimmern oder Sälen stand noch, was man inzwischen als Sperrmüll bezeichnen konnte − hier ein eisernes Babybettgestell, welches Rost angesetzt hatte, da ein Schreibtisch samt Stuhl aus weiß lackiertem Holz, das aufgequollen war, was die Farbe abblättern ließ, weshalb die Stücke vor sich hin moderten, oder dort eine OP-Beleuchtung, die von der morschen

Decke auf den Boden gekracht war. Das Ganze löste eine irgendwie beklemmende Stimmung aus und hätte mit etwas Geschick zu einer unheimlichen Touristenattraktion der denkmalgeschützten Gebäude gemacht werden können, ähnlich wie die oben schon genannten Orte, durch die Führungen angeboten wurden. Das Areal hier erkundete ich allein. Und um nicht gestört zu werden bei Nacht ...

Die teils mit Spanholzplatten zugenagelten Fenster und Portale, die als Eingänge dienen konnten, waren längst von anderen aufgebrochen worden, weshalb ich mir diese Mühe ersparen konnte. Ich gelangte über einen Keller in das Gebäude, nachdem ich über die improvisierte, aus den Angeln gerissene und am Boden liegende Tür geschritten war, an der noch das Warnschild „Lebensgefahr" hing. Ich war neugierig und leuchtete mit meiner Taschenlampe jeden Winkel aus, um eventuell doch noch einen Hinweis auf die Bestimmung eines jeweiligen Saales zu erhaschen, dem ich keinen Zweck, zu dem er gedient haben mochte, zuordnen konnte. In manchen fand ich Überreste Schwarzer Messen und Geisterbeschwörungen, die darin abgehalten worden sein mussten; darauf wiesen an die Wände gesprayte Pentagramme, Kreidezeichnungen auf den Böden, abgebrannte Kerzenstummel und leere, umgekippte Rotweinflaschen hin.

Ich kommentierte es mit einem Kopfschütteln. Es bedurfte keiner weiteren Analyse. Dennoch überlegte ich, welches Equipment ich bei mir trug und welches ich mitgenommen hatte. Dabei musste ich mir eingestehen, dass ich wesentlich schlechter als sonst ausgerüstet war, wofür ich mich selbst hätte ohrfeigen können. Das kaum gedacht, verspürte ich einen Hauch in meinem Gesicht. Bestimmt der Wind, der durch die zerbrochenen oder gänzlich fehlenden Fenster zog, sich in den Räumen fing, von den Wänden echote und dadurch sein Pfeifen verstärkte. Ich ging weiter ...

Im Treppenhaus hüllte mich die Dunkelheit fast gänzlich ein. Hier musste die Stelle in etwa sein, von der andere berichtet hatten, es gehe eine weiß gekleidete Frau um. Ich stritt das nicht ab, wunderte mich jedoch, in wie vielen Ländern, an wie vielen Orten dieses Phänomen auftrat. Inzwischen fand ich es klischeebehaftet, denn fast jedes Schloss, welches ich kannte, hatte seine Geschichte zu dieser Figur, die sich alle irgendwie ähnelten. Meistens handelte der Mythos der weißen Frau von enttäuschter, verschmähter oder unerfüllter Liebe, was die Dame in ihr Schicksal trieb. Hier war das jedoch etwas anders – ich hielt nach keinem Burgfräulein Ausschau, sondern nach einer Patientin in einem langen Nachtgewand.

46

Möglich, ja. Aber ich glaubte nicht an diese Erzählung. Denn das Naheliegende, was sie verwarf, war die Tatsache, dass der Gebäudekomplex strikt nach Geschlechtern getrennt war – der für die Frauen lag westlich der Bahnstrecke, der für die Männer östlich. Und ich befand mich in dem Teil für Kinder.

Was ich erblickte, waren bloß Stufen, ein Geländer, Dreck und Graffitis – sonst nichts. Aber ich konnte im schwachen Schein der Lampe, und ohne Unterstützung des Mondes, auch kaum meine eigene Hand vor Augen sehen. Nicht, weil mir das unheimlich war, sondern zu meiner eigenen Sicherheit, um nicht zu stolpern und möglicherweise unglücklich zu fallen, lief ich, zugegeben etwas eiliger, zurück in den Saal, in dem ich mein Lager aufgeschlagen hatte. Das war übertrieben ausgedrückt, denn eigentlich hatte ich lediglich meinen Rucksack dort zurückgelassen, in dem sich Batterien zum Wechseln für die Taschenlampe befanden, eine Thermoskanne mit überzuckertem, heißem Tee mit Milch, wie ich ihn mochte, allerlei persönlicher Kram, der jedoch nicht mit dieser Sache, sondern mir behaftet war, weshalb eine Auflistung nicht Not tut, und Salz, zum Schutz gegen...

Die Zeit schlich langsam dahin. Alles, was ankroch und mich überfiel, war Langeweile, die alsbald zu Müdigkeit wurde. Ich verstreute das Salz um mich und zeichnete Muster mit dem Finger hinein. Es war selbstredend nicht für diesen Zweck gedacht gewesen, sondern galt allgemein als rein, so dass nichts, was irgendwie belastet war, eine daraus ausgestreute Grenze übertreten konnte.

Erst gegen das Frösteln, dann dem Einnicken entgegenwirkend, nahm ich einen Schluck nach dem anderen aus der Kanne, bis diese leer war. Jeder Gedanke an ein Bett und an Schlaf war daraufhin davon in den Schatten gestellt worden, dass ich dringend zur Toilette musste.

Sicherlich, ich war allein in dem Gebäude – oder nahm das zumindest an. Ich hätte mich einfach in eine Ecke hocken und meine Notdurft dort verrichten können. Doch das verbot mir mein Anstand und der Respekt vor allem, was mehr Elend gesehen hatte als ich. Es mag abstrus anmuten, aber dazu zählten für mich halt auch Mauern und Wände.

Ich stand auf und stellte mir vor, ich begebe mich, wie ein historischer Forscher, auf eine Art Expedition, auf der Suche nach einem verschollenen Ort. Meiner hieß eindeutig Waschsaal. Und ich hoffte inständig, dort noch Toilettenkabinen zu finden oder wenigstens latrinenartige Löcher in den Bodenplatten.

Mein Gepäck ließ ich zurück und machte mich auf den unbestimmten Weg über endlos lang erscheinende Korridore, die ihre einstige Pracht zwar erahnen ließen, von der jedoch leider nichts mehr übrig war als Fliesen an den Wänden einer vergangenen Zeit. Ich weiß nicht, ob ich mir inständiger wünschte, den Weg hin zu entdecken, oder insgeheim betete, dass ich wieder zurückfinden würde. Meine Orientierung war eine miserable. Doch als wenn ich von irgendetwas geleitet würde, kam ich bei den ehemaligen Baderäumen an, die ich dadurch identifizierte, dass noch eine gusseiserne Wanne mitten im Raum stand.

Wie bereits vermutet, existierten im angrenzenden Raum keine Holztrennwände und auch keine Armaturen mehr. Aber ich war mir sicher, dass das die Toiletten waren. Ein eindeutiger Hinweis darauf waren die Öffnungen im Boden. Ich trat ein. Immer darauf bedacht, nicht aus Versehen einen falschen Schritt zu machen und in einer mit dem Bein zu versinken.

Nennen wir es eine dumme, liebgewonnene Angewohnheit, die mich dazu veranlasste, bis nach hinten durchzugehen, um mich über dem letzten Loch zu erleichtern. Das tat gut und war auch dringend nötig! Trotzdem fühlte ich mich unwohl, beobachtet, was ich darauf schob, dass mir die Situation unangenehm war.

Ein Problem, das sich erübrigt hatte, und ein neues, welches aufgeworfen wurde – meine Taschenlampe begann zu flackern. Keine Angst, aber ein mulmiges Gefühl breitete sich in mir aus. Ich ließ eine Tirade von Flüchen los, von denen ich keinen wiederholen werde, und verdammte mich selbst ob meines Narrentums, so verrückt gewesen zu sein, meine ohnehin schon spärliche Ausrüstung zurückgelassen zu haben.

Die Lampe quittierte mir immer weiter ihren Dienst, und ich war erpicht darauf, so schnell wie möglich zurück zu meinen Sachen zu kommen.

Da entdeckte ich eine Reflexion in der Ecke beim Aufleuchten ihres schwachen Scheins. Neugierig ging ich dem nach.

Dort lag ein goldfarbener Anhänger in Form eines dicken Engels, der ein Herz trug. Verwundert sah ich mich um. In dem Augenblick ging meine Taschenlampe ganz aus.

Ich schloss meine Hand mit dem Schmuckstück zu einer Faust und mir war es, als legte jemand seine Finger darauf.

Wie konnte das sein? Ich meine, wie war es möglich, dass in diesem verlassenen Klinikum, in dem fast alles fehlte, was nicht verrottet oder was nicht niet- und nagelfest war, wie konnte es da sein, dass sich dieser Anhänger hier befand? Zig Leute vor mir hätten ihn finden müssen. Oder hatte ihn einer der Besucher, die in gleicher Absicht wie ich hierherkamen, verloren? Dafür schien er mir zu alt zu sein...

Sicherlich, man könnte nun mutmaßen, er sei ein Erbstück, das irgendeinem späteren Gast dieser Stätte abhanden gekommen sei. Doch war das plausibel? Was für mich dieser Theorie widersprach, war die Optik des Anhängers. Beim besten Willen konnte ich mir keinen erwachsenen Menschen vorstellen, der so ein Jugendstil-Stück trug. In meinen Augen handelte es sich bei dem Engel um Kinderschmuck.

Ich hielt ihn fest in meiner Hand. Mit der anderen schüttelte ich die Taschenlampe, welche daraufhin plötzlich wieder flackerte und letztlich anging. Wahrscheinlich ein Wackelkontakt.

Ich irrte länger über die Flure, immer mit dem Gefühl, jemand folgte mir, was ich auf den Engel schob, der mich begleitete, und auf meine angespannten Nerven. Ich hatte mich verlaufen und war schlussendlich noch nicht einmal böse darüber, dass ich mir auf den Gängen nun nicht mehr so allein in meiner Einsamkeit vorkam. Es dämmerte bereits, als ich zurück zu meinem Rucksack fand, mein Zeug darin verstaute, ihn schnürte, aufsetzte und ging.

Ich hatte meinen Wagen am Bahnhof Beelitz Heilstätten geparkt und war heilfroh, als ich dort wieder ankam. Waren es die Erlebnisse, die mir das Blut in den Adern hatten gefrieren lassen, oder war mir bloß so kalt? Eine Gänsehaut überzog meine Arme, und ich rieb mir die Hände, nachdem ich das Handschuhfach nach einem Lederband durchwühlt hatte und eines zwischen Landkarten fand, auf welches ich nun den Anhänger fädelte und es mir um den Hals knotete.

Ich stellte das Radio an – ein erstes Zeichen von Leben, Zivilisation. Denn auch der Bahnhof mutete wie der einer Geisterstadt an, obwohl ich wusste, dass dieser Ort keine war. Es gab ein geschlossenes, zum Verkauf stehendes Gebäude, davor den Parkplatz, auf dem zwar einige Fahrzeuge standen, von deren Haltern aber keine weitere Spur zu finden war, und dahinter zwei Gleise, auf deren Bahnsteigen ich ebenfalls keinen Menschen erblickte.

Ich rieb mir die Augen. Was hätte ich dafür gegeben, einen Kiosk zu sehen, an dem ich einen Kaffee oder eine Cola bekommen könnte? Manchmal wirkte Koffein Wunder! Doch ich versuchte vergeblich, einen zu entdecken. Und vor mir lag die Strecke zurück nach Berlin ...

Es war keine Müdigkeit, die mir zu schaffen machte, sondern eher Erschöpfung. Selbst wenn ich gewollt hätte, ich hätte nicht schlafen können – ich musste die Erlebnisse verarbeiten und sehnte mich dafür nach Ruhe, welche ich jedoch erst bekommen würde, wenn ich wieder daheim ankäme.

Mein Körper zitterte. Zwar hielt ich Yoga und Meditation immer für eine Art peinlicher Selbstdarstellung für esoterisch angehauchte Freaks, aber in diesem Fall, und blamierte ich mich dabei auch selbst vor den Augen, die gar nicht da, und meinen eigenen, die dafür blind waren, so probierte ich mich doch in der Ausübung einer Entspannungstechnik aus.

Ich musste meine Gedanken weg von dieser Nacht bringen und meine Konzentration irgendwie auf das Fahren lenken. Es gelang mir, und so drehte ich den Zündschlüssel im Schloss um. Weit kam ich jedoch nicht, genau genommen nur einige Meter, bis zum Portal der Heilstätten, welches einst die Zufahrt zur Notaufnahme war. Dort musste ich in einer Bucht am Straßenrand anhalten, denn das anfängliche Kratzen in meinem Hals war zu einem Hustenanfall geworden. Ich sehnte mich noch mehr als eben schon nach einem Getränk und könnte nicht beschwören, worüber ich mich mehr ärgerte, über das, was ich hatte, oder das, was mir gerade fehlte. Es wurde schlimmer! Ich musste aussteigen, frische Luft schnappen. Draußen rang ich nach Atem. Ich fühlte mich wie in den Würgegriff des Anfalls genommen. Mein Mund wurde trockener, meine Kehle schnürte sich mehr und mehr zu, und ich konnte nicht aufhören zu husten. Ich wollte mir an den Hals fassen, griff dabei allerdings den Anhänger. Noch einmal steigerte sich der Reiz – ich spuckte Blut. Und dann war es vorüber...

Die Stätte war mir nun doch unheimlich, was aber wohl eher nicht ihr, sondern meinen angespannten Nerven zugeschrieben werden konnte. Zudem glaubte ich, krank zu werden. Meinen Wunsch, mich auszukurieren, schob ich dennoch etwas auf, um in meinem Kofferraum nach dem vorhin dort vergessenen EMF-Gerät (die Abkürzung für Elektromagnetische Felder) zu suchen. Schlägt dieses aus, so könnte es auf parapsychologische Aktivitäten hindeuten. Ich erlebte jedoch noch nie unerklärliche Phänomene – bisher fand ich immer natürliche Gründe dafür, wenn der Wert doch mal hochging. Trotzdem nahm ich diese Messung vor, nur um mir selbst zu versichern, dass nichts Ungewöhnliches hier war, und bestätigte damit, dass ich einer Reizüberflutung zum Opfer gefallen war. Der Wert schwankte minimal; er stieg immer dann an, wenn ich das Gerät in Richtung meines Körpers bewegte, worüber ich bei der Überlegung schmunzeln musste und in mich hineinlachte, wie gespenstisch ich wohl nach dieser Nacht auszusehen vermochte. Ich warf einen Blick in meinen Seitenspiegel und erschrak vor mir selbst – blasse Haut, dunkle Augenringe, eingefallene Wangen. Mein Gesundheitszustand beunruhigte mich daraufhin mehr als die Kulisse der Ruinen, an deren Ausläufern teilweise neue Häuser gebaut worden waren. Wie erwähnt, nicht dass ich furchtsam wäre, aber an so einem Ort hätte ich dennoch nicht wohnen wollen. Mit dieser Erkenntnis war ich noch erleichterter, endlich wieder heimzufahren.

Die nächsten Tage nach meiner Ankunft widmete ich nicht meinem Hobby, sondern mir. Vorerst war ich geheilt davon, Erscheinungen nachzugehen – jedoch nicht vom Husten. Die Anfälle wurden häufiger und heftiger.

Ich ging zu einem Arzt, der mir eine Medizin verschrieb, die jedoch nicht wirkte, obwohl ich den Hustensaft regelmäßig einnahm. Alles, was die Anfälle wenn auch nicht stoppen, so zumindest lindern konnte, war ein Griff zu dem Anhänger, den ich nach wie vor trug. Ich schob das auf einen Placebo-Effekt, doch solange es mir half, war mir das egal.

Nach kurzer Zeit gesellten sich zu dem ersten Symptom weitere hinzu – ich litt unter einem Schwindelgefühl und Fieber, was mich dazu veranlasste, im Bett zu bleiben. Dort schlief ich nicht etwa, sondern döste nur vor mich hin, bis ich meinte, hinkende Schritte gehört zu haben, die mich aufschrecken ließen. Denn außer mir und meinem Hund war niemand sonst in dem Haus. Zudem hätte mein Tier jeden mit einem Bellen angekündigt. Ich lebte in einem alten Gebäude, welches noch vor den Beelitzer Heilstätten errichtet worden war, jedoch derselben Epoche zugeordnet werden konnte. Die Dielen knarzten und knackten öfters, worauf ich nun meine Sinnestäuschung schob, mich zurück in die in meinem Rücken getürmten Kissen legte und die Augen wieder schloss.

Huschte da ein Schatten an mir vorbei? Abrupt öffnete ich sie wieder und sah – nichts ... Wahrscheinlich ein Lichtschein von der Straße, der durch den halb zugezogenen Vorhang fiel und sich an irgendeinem Gegenstand im Zimmer gebrochen hatte, weshalb ich kurzfristig eine Spiegelung wahrgenommen hatte, die in meinem Gesicht reflektierte.

Ich drehte mich, verärgert über mich selbst, zur Seite. Eine unbequeme Position, die meine Wut auf mich noch steigerte. Selber schuld, rechtfertigte ich mich – sich im Dunkeln in feuchten Ruinen aufzuhalten – Strafe musste wohl sein, und dass ich krank wurde, war meine. Warum war es überhaupt üblich, vermeintlich Parapsychologisches nachts ergründen zu wollen? Ich sinnierte über Himmel und Erde und das, was es außer dem Universum wohl noch darüber geben mochte – wobei ich keinen Zweifel daran hegte, dass da etwas war, ob man es nun Gott, Schicksal oder anders nennen wollte. Irgendwohin mussten die Seelen der Menschen gehen. Und mein Weg war es, zu recherchieren, welche Antwort es geben könnte, auch wenn ich wusste, dass das eher eine Frage für einen Philosophen, Theologen oder Wissenschaftler als für eine gewöhnliche Person wie mich war. Darüber tat sich beim Nachdenken in meinem Kopf ein großes schwarzes Loch auf, welches jede Idee in sich hineinzusaugen schien und nichts weiter hinterließ als Leere.

Diese füllte sich jedoch bald mit dem Bild eines buckligen Kindes. Ob es sich um einen Jungen oder ein Mädchen handelte, hätte ich nicht sagen können. Es hatte längere, in wirren Wellen fallende Haare. Sein Gesicht glich meinem in den Punkten der Augenfarbe, der dunklen Ringe darum und der blassen, schon bleichen Haut. Das Kind hatte ausgeprägte Wangenknochen, die es pausbackig erscheinen ließen. Darunter jedoch fiel die gerötete Partie etwas ein. Es wirkte ähnlich desolat wie ich und schien sich auch nicht besser zu fühlen, worauf der traurige Blick und der zur Schnute gezogene Mund hindeuteten.

Ich vermochte keine Einschätzung des Alters des Kindes abzugeben. Hätte ich nach seiner Kleidung, einem hellen, mit Spitzen verzierten, langen Hemd, urteilen müssen, wäre ich zu dem Schluss gekommen, dass es über hundert Jahre alt sein müsste. Doch dann hätte ich einen Greis vor mir, kein ... Ich stockte ...

Das Kind setzte sich auf mein Laken, strich über mein Gesicht und nahm daraufhin für einen kurzen Moment meine Hand. Ich vergaß dabei zu atmen. Dann war es verschwunden ...

Schlagartig erinnerte ich mich wieder daran, Luft zu holen. Röchelnd richtete ich mich auf – ein weiterer Hustenanfall, an dem ich dieses Mal zu ersticken drohte. Ich keuchte, musste sogar ohnmächtig geworden sein.

Als ich aus meiner Bewusstlosigkeit – oder war es nur ein Schlaf mit heftigem Traum? – erwachte, war das Lederband gerissen; ich hielt jedoch den Engel fest verschlossen in meiner Faust.

Wie von so vielem war ich nicht von Wunderheilungen überzeugt und nahm daher auch nicht an, dass mir eine widerfahren sei.

Trotzdem möchte ich es als einen Aspekt, und als nichts weiter, vermerken, dass meine Hustenanfälle daraufhin so schnell wieder weg waren, wie sie aufgetreten sind, und auch nicht wiederkehrten. Ich widmete mich etwas später wieder meinen Recherchen und machte dabei einen erstaunlichen, wenn nicht sogar bemerkenswerten Fund:

In einem alten Fotoalbum meiner Urgroßeltern väterlicherseits, welches mir meine Mutter auf meinen Wunsch hin vorbeigebracht hatte, entdeckte ich ein Bild jenes verkrüppelten Kindes. Darunter stand in verblasster, altdeutscher und daher kaum leserlicher Schrift etwas, das eher wie ein Arztbericht denn sonstwas anmutete: „Beelitz, 19... – Tuberkulose – durch Siechtum verformter Rücken ..." – der Rest war nicht mehr zu entziffern ...

Zu meinem Bedauern, und mehr noch zu meiner Enttäuschung, auch nicht die Zeile, die ich für den Namen hielt. Ich wusste, damit belastet zu sein, dass in der Familie meines Vaters oft Lungenkrankheiten aufgetreten waren, jedoch nichts davon, dass ein Mitglied jemals deshalb, was ich annahm, länger in einem Klinikum war. Und wer machte zu damaliger Zeit schon Aufnahmen von einem flüchtigen, ambulanten Besuch in einem Krankenhaus? Ich entnahm die Fotografie dem Album und studierte sie erst unter einer Lupe, bevor ich mich entschied, sie vergrößern zu lassen. Da war er – der Anhänger! Das Kind trug ihn an einer Kette um den Hals ... Widernatürlich oder übernatürlich? Es gab dafür keine Erklärung! Keine, ob ich an Verständnis gewonnen hatte oder dabei war, meinen Verstand zu verlieren ...

Die Puppe

Jürgen Seibold

Vorgesetzter brutal ermordet
München, 07.02.2009

Ein 41-jähriger IT-Angestellter hat am Freitag ohne erkennbaren Grund seinen Vorgesetzten brutal ermordet und sich daraufhin selbst gerichtet. Das Motiv ist unklar.
Zunächst begann der Arbeitstag des Abteilungsleiters Jan H. (Namen von der Redaktion geändert) ohne erkennbare Veränderung. Kurz nach 9 Uhr betrat der Mitarbeiter Peter B. das Büro seines Vorgesetzten. Laut Zeugenaussagen hörte man gegen 9.10 Uhr mehrere Schüsse. Hinzueilende Kollegen fanden ein Blutbad vor. Peter B. erschoss seinen Vorgesetzten mit mehreren Kugeln. Mindestens zwei davon waren sofort tödlich. Im Anschluss an seine Tat richtete sich der Täter durch einen gezielten Kopfschuss.
Über die Hintergründe der Tat ist laut Staatsanwaltschaft noch nichts Näheres bekannt. Die Zeugen befinden sich in psychiatrischer Behandlung und können erst in einigen Tagen detailliert befragt werden. Aktuell geht man von einem psychischen Problem aus. Man möchte jedoch Spekulationen vermeiden. Sobald die Zeugen befragt werden konnten und sich neue Erkenntnisse ergeben, werden wir darüber berichten. (js)

München, Deutschland, Februar 2010

„Irgendwie habe ich das Gefühl, dass mich jeder neue Mitarbeiter nach dieser alten Geschichte fragt … Aber es stimmt schon, hinter jeder veröffentlichten, auf einige Zeilen reduzierten Nachricht befindet sich ein weitaus interessanterer Teil. Leider bleiben Tageszeitungen überwiegend oberflächlich und wollen nur durch die blutrünstigen Stücke schockieren. Das Thema wurde zwar noch wochenlang ausgebreitet – am Ende blieb es jedoch nur eine Episode, die von den Journalisten mit dem Hinweis auf psychische Probleme geschlossen wurde. Man muss sich ja neuen Themen widmen", sagte Robert mit einer leicht angewiderten Miene.
„Aber Sie kannten doch den Täter – und wohl auch seinen damaligen Vorgesetzten?", erwiderte Manuel voller Hoffnung, noch mehr über die düstere Seite seines neuen Arbeitsplatzes zu erfahren.
„Natürlich – ich habe doch mehrere Jahre mit beiden zusammengearbeitet. Peter kannte ich sogar privat sehr gut, und aus

diesem Grund kenne ich auch die Hintergründe dieser Story. Ich habe dies damals auch alles der Staatsanwaltschaft groß und breit erzählt. Aber die menschlichen Probleme werden nichtsdestotrotz als geistige Fehler interpretiert, und somit kann man leicht zum nächsten Tagesordnungspunkt übergehen."

„Kann ich darüber mehr erfahren?"

„Tja, heute haben wir sowieso nicht mehr viel zu tun", sagte Robert. „Und wenn du mir jetzt noch einen Kaffee bringst, kann ich dir gerne eine wirre und verrückte Geschichte erzählen. Ist ja für mich nicht das erste Mal."

Manuel hatte sich zu Beginn seines Arbeitslebens geschworen, niemals Kaffee für jemanden zu holen – in diesem Fall siegte jedoch seine Neugierde, und er begab sich eilends davon, um seinem Chef eine frische, braune Brühe zu besorgen. Nachdem er das aufmunternde Getränk auf Roberts Schreibtisch gestellt und sich erneut auf dem Besucherstuhl mit gekreuzten Beinen niedergelassen hatte, begann Robert seine Erzählung.

„Unter uns gesagt: Der Mord an Jan war zwar schockierend – doch in Wirklichkeit hat ihm keiner eine Träne nachgeweint. Jan war der Typ Chef, den man besser meiden sollte. Im Gegensatz dazu Peter: Er liebte seinen Job und war auch als die Seele der Abteilung bekannt. Du kennst das sicher – es gibt Personen, die schwimmen in Arbeit, erledigen unwahrscheinlich viel und sind immer bereit, anderen zu helfen. Genau so ein Mensch war Peter. Leider hat ihm das gewisse Etwas gefehlt. Er konnte sich nicht gut verkaufen, und Jan warf ihm deshalb immer wieder vor, nicht zielorientiert zu arbeiten. Meiner Meinung nach war das aber nur das typische Geschwafel eines hilflosen Vorgesetzten. Aber egal. Es ist im Prinzip ganz einfach: Die beiden konnten sich absolut nicht riechen, und dieser Umstand schraubte sich immer mehr hoch. Du kannst dir gar nicht vorstellen, zu was Menschen fähig sein können. Ich kannte Peter immer als zuverlässigen Mitarbeiter, und wir hatten auch privat sehr viel Spaß miteinander. Seine Tat war schlichtweg das berühmte überlaufende Fass. Er hat sich auch in den Jahren davor mehr und mehr verändert. Ich selbst habe lange gebraucht, um herauszufinden, warum seine Leistungen rapide nachließen. Die Verminderung seiner Leistungsfähigkeit war natürlich wie Wasser auf die Mühlen Jans. Dass er alleine der Grund dafür war, damit konnte ja keiner rechnen", erzählte Robert beinahe ohne Punkt und Komma. Lediglich der duftende Kaffee sorgte für eine kurze Unterbrechung. Nachdem er seine Tasse wieder abstellte, fuhr er fort. In Manuels

Kopf schwirrten bereits viele Fragen, doch er wollte den Redefluss nicht unterbrechen …

„Peter war schon immer von leicht morbiden Themen fasziniert, und wie sich herausstellen sollte, suchte er einen Weg nach dem perfekten Mord. Gleichzeitig gab er sich seinen Aufgaben immer mit ganzem Einsatz hin, und genau dies sollte der Anfang vom Ende sein. Er konnte sich nach und nach nicht mehr richtig auf seine Arbeit konzentrieren – wie ich herausbekommen konnte, lag das schlichtweg an seiner ehrgeizigen Idee, eine Lösung zu diesem Thema zu finden. Dass er damit eine Lösung zur Eliminierung seines Vorgesetzten suchte – damit konnte nun niemand rechnen. Nichtsdestotrotz wurde er dabei mehr und mehr zu einem Abhängigen. Bevor du nachfragst: Nein, er nahm keine Drogen – er verbrachte lediglich seine Nächte wie ein Besessener auf der Suche nach einer Antwort … Ich habe in dieser Zeit sehr oft mit ihm diskutiert. Seine Abhängigkeit war förmlich greifbar für mich. Du kannst dir bestimmt nicht vorstellen, welche Energie ein Mensch aufbauen kann, um zu einem persönlichen Ziel zu kommen. Mir hat er diese Suche immer als Studie verkauft, und ich dachte mir auch nichts Besonderes dabei. Hat doch jeder Mensch das eine oder andere Thema, welches Außenstehende nur mit dem Kopf schütteln lässt. Ich kann mich noch sehr gut an eine Diskussion erinnern, in der er mir klarmachen wollte, mit welchen Problemen man bei diesem Thema konfrontiert sein könnte. Er faselte irgendwas von ‚Man muss so was alleine durchziehen‘, ‚Man darf keinen persönlichen Kontakt mit dem Opfer haben‘, ‚Ein wasserdichtes Alibi ist unumgänglich‘, und so weiter, und so weiter. …

Du kennst doch sicherlich den Film *Ein Cocktail für eine Leiche* von Alfred Hitchcock?"

„Nicht wirklich", erwiderte Manuel, sichtlich angetan von allem bisher Gehörten.

„Tja, daran erkennt man dein junges Alter. Solltest du dir wirklich mal anschauen. Ich glaube, der Film ist von 1948 oder so. Ich selbst habe ihn irgendwann im Fernsehen gesehen. Kommt auch immer wieder. Wiederholungen sind ja deren Grundprinzip", bemerkte Robert schmunzelnd. „Jedenfalls handelt dieser Film – ich glaube, James Stewart spielte die Hauptrolle – von zwei Studenten, die vom Vortrag ihres Lehrers über die ‚Kunst des Mordens‘ inspiriert wurden. Fasziniert von diesem Thema, strangulierten sie einen Kommilitonen und legten ihn in eine Truhe. Sie organisierten noch am selben Tag eine Cocktailparty und servierten das Büfett ganz frech auf eben dieser Truhe. Natürlich löst sich in diesem Film alles auf – für Peter lag das jedoch nur an dem Umstand, dass der eine Student sichtlich nervös aufgetreten ist und sein Kommilitone – der Initiator dieser Tat – sehr überheblich auftrat. Dadurch haben sich die beiden selbst verzettelt, da sie den bohrenden Fragen ihres Lehrers schlichtweg nicht gewachsen waren. Wirklich ein interessantes Kammerspiel – nicht mehr ganz zeitgemäß, aber immer noch lohnend für einen netten Abend vor der Glotze." Erneut nippte Robert an seinem nun bereits stark erkalteten Kaffee, um mit seiner Erzählung fortzufahren.

„Jedenfalls fing Peter dann mit seinem privaten Studium – ‚Der perfekte Mord' – an und vergaß dabei sein gesamtes bisheriges Leben. Du kannst dir nicht vorstellen, in welchem Maße er darin aufging. Peter hat immer alles sehr akribisch durchgeführt, und genau so ging er auch bei diesem Thema vor. Natürlich gibt es keinen besonderen Weg, den perfekten Mord durchzuführen. Viel zu groß ist die Gefahr, dass eines Tages alles herauskommt. Dies schreckte Peter aber in keinster Weise ab. Er kniete sich mit einer uneingeschränkten Besessenheit in dieses Thema. Man sah nur noch Bücher über Bücher in seiner kleinen Wohnung. Alles Werke, die sich mit dem Thema des Mordens jeglicher Art beschäftigten. Fachbücher, Romane, Abhandlungen – ganz egal: Er wühlte sich durch jedes Werk, das ihm in die Finger kam."

„Hat er denn eine Möglichkeit gefunden?", warf Manuel ganz still und leise ein, um Robert nicht zu sehr aus dem Konzept zu bringen.

Robert zog die Augenbrauen hoch.

„Natürlich nicht – sonst gäbe es ja keinen Mord!", entgegnete er. „Er wollte dies nur lange nicht wahrhaben. Seine Studien wanderten ohne Unterlass durch alle Themen dieser Welt. Fast nicht zu glauben, aber studierte er doch tatsächlich auch alle möglichen mythischen und mystischen Themen – immer auf der Suche nach einer durchführbaren Wahrheit, die jemanden ohne Kontakt eliminieren könnte. Selbst vor Satanismus schreckte er nicht zurück. Dumm nur – oder ein Glück? –, dass keine Dämonen kommen, wenn man sie ruft. Sein Weg führte ihn über alle Weltreligionen – wobei die Bibel zu diesem Thema nicht viel hergibt – hin zu den kleineren, dafür jedoch mystischeren Religionen. Am Ende hatte es ihm der Voodoo-Kult sehr angetan."

Nun war es an Manuel, die Augenbrauen hochzuziehen. „Voodoo? So richtig mit Puppe und so?"

„Klar! Aber bekomm es jetzt nicht in den falschen Hals. Du musst berücksichtigen, dass er sich in diesem Augenblick schon in einem Status befand, der dem eines langjährigen Junkies entsprach. Man hatte immer das Gefühl, er wäre gehetzt oder etwas in dieser Art. Richtig zum Fürchten. Alles Positive, was man von ihm kannte, hat er bei seiner energischen Suche selbst in die Tonne getreten. Diese alte – ursprünglich westafrikanische – Religion sollte auch sein letztes durchgeackertes Thema sein. Im Voodoo-Kult führte er die ersten richtigen Zeremonien durch. Stell dir einfach vor, ein Drogenabhängiger bekommt plötzlich das Gefühl, den Stein der Weisen gefunden zu haben."

„Somit kann ich nun davon ausgehen, dass Peter sich eine Voodoo-Puppe herstellte, um seinen Chef umzubringen?", bemerkte Manuel erschrocken. Langsam wurde ihm bewusst, wie weit die psychische Krankheit bereits fortgeschritten zu sein schien. Gleichzeitig fragte er sich, ob er das alles so hinnehmen könnte – klang doch durchweg sehr, sehr phantastisch.

Robert nippte erneut an seinem kalten Kaffee. Das Gesicht verziehend, stellte er sie wieder ab und begann mit dem Ende seiner unglaublichen, aber interessanten Geschichte.

„Nun, du weißt ja, dass wir hier einige sportliche Aktivitäten anbieten. Genau bei so einer Veranstaltung hat Peter ein stark verschwitztes Baumwollshirt von Jan gestohlen. Ich persönlich fand dies im Nachhinein nicht konsequent durchdacht – wollte er doch ohne jeglichen persönlichen Eingriff tätig werden. Aber ich denke, über solche Kleinigkeiten machte er sich keine Gedanken mehr. Ich weiß noch genau, wie abweisend er war, als ich ihm eine psychiatrische Betreuung vorgeschlagen habe. Ich mochte ihn wirklich gerne und war nahe daran, ihn zu so etwas zu zwingen. Tja, der Zeitpunkt sollte wohl nicht mehr kommen. Jedenfalls bastelte er sich aus diesem Shirt eine Puppe und begann mit seinen Verschwörungen und zweifellos auch mit dem Malträtieren der Puppe. Wie man es aus dem einen oder anderen Horrorstreifen kennt, hat es sich dann ziemlich schnell mit dem Opfer erledigt …"

„Das hat jetzt aber wohl nicht geklappt, oder?", fiel Manuel Robert ins Wort und konnte schlichtweg nicht glauben, was er da gerade hören musste.

„Nein, nein. Natürlich nicht. Jan ist weiterhin kerngesund durch die Flure gehetzt und hat seinen Frust bei seinen Untergebenen ausgelassen. Dies war auch genau das Problem: Ich denke, zu diesem Zeitpunkt ist bei Peter die letzte Sicherung durchgebrannt. Jedenfalls hat er mit dieser Puppe alles Mögliche versucht. Ich konnte sie eines

Tages mal sehen. Ganz zufällig, als ich ihn abgeholt habe. Glaub mir, die Ähnlichkeit zu Jan war der Puppe detailreich in das Gesicht geschrieben. Aber: Ein Mythos bleibt ein Mythos. Ich gehe davon aus, dass er aus diesem Grund in seinem unermüdlichen Drang zum letzten Mittel gegriffen hat und sein eigenes Leben vernichtete – natürlich nicht, ohne Jan mitzunehmen. Letztendlich scheint er gesiegt zu haben – wollte er doch seine Verurteilung vermeiden. Vielleicht hatte die Voodoo-Puppe doch eine Wirkung – sie hat ihn nur mitgerissen ...“

8.800 Kilometer westlich, Texas, 2008

Völlig unbeeindruckt von zukünftigen Geschehnissen im fernen Deutschland saß Jack Brewer in Texas auf seinem Baumwollernter, um für seinen Lebensunterhalt zu sorgen. Weit entfernt vom Sklaveneinsatz früherer Zeiten fuhr Jack auf seiner Maschine Streifen für Streifen über sein Feld. Die Baumwollernte blieb trotz des Maschineneinsatzes ein Knochenjob. Für Jack spielte dies jedoch keine Rolle – er liebte seinen Beruf. Seine gesamte Erntefläche befand sich nun schon in der achten Generation in seiner Familie und wurde jeweils rechtzeitig an den Sohn weitergegeben. Jack selbst müsste hier noch etwas Einsatz zeigen und für einen Nachfolger sorgen – doch im zarten Alter von einunddreißig Jahren ist dieses Thema noch nicht wirklich wichtig. Dafür blieb noch genügend Zeit Am meisten genoss er die ruhige Fahrt über sein Feld. Er ließ sich die Sonne in sein Gesicht scheinen und dachte unbekümmert über sein Leben nach. Beim Verkaufen der Ernte war er alljährlich über die hektische Betriebsamkeit und Unruhe der Einkäufer überrascht. Im Gegensatz zu diesen Hektikern blieb er durchweg ruhig, gelassen und ausgeglichen – völlig eins mit sich und der Natur.

Sein John-Deere-Ernter füllte sich mehr und mehr, und schließlich fuhr er seitlich an den Module-Builder, um die gepflückte Baumwolle abzuladen. Diese Zehn-Tonnen-Maschine war Jacks ganzer Stolz. Seitdem er sich diese Investition geleistet hatte, erleichterte sich seine Tätigkeit erheblich. Nun musste er nur noch die gepflückte Baumwolle in diese Kompaktiermaschine schütten, worin sie dann hydraulisch zu großen Ballen zusammengepresst werden würde. An diesem Tag schien jedoch die hydraulische Presse nicht ordnungsgemäß zu funktionieren. Jack kletterte hinein, um die Ursache dafür zu finden. Er wühlte sich mit seinen Händen durch die bereits aufgeladenen Baumwollkapseln, um sich die hydraulischen

Komponenten anzusehen. Als er einen dicken Stein – eingeklemmt an einem Gelenk – entdeckte, versuchte er diesen mit der Hand herauszuziehen.

Befreit von dieser Last, sprang im selben Augenblick die Hydraulik an und quetschte seinen Arm direkt unterhalb des Handgelenks. Schmerzerfüllt sah Jack nur noch, wie sich sein Blut über die Baumwollknospen und Baumwollfasern ausbreitete und sie dunkelrot einfärbte. Mit immenser Körperanstrengung schaffte er es, sich aus dem Builder herauszuziehen und um Hilfe zu rufen. Glücklicherweise befand er sich gerade am Rande seines Feldes und konnte sehr schnell den nötigen Beistand durch seine Frau erfahren. Wie sich erfreulicherweise herausstellen sollte, waren die Quetschung und der Schnitt durch das scharfe Metall nicht besonders schlimm – es hatte stärker geblutet als wirklichen Schaden angerichtet. Gut verbunden konnte Jack bereits am nächsten Tag mit seiner Ernte fortfahren. Somit war es für Jack wieder möglich, sich ganz seinem Leben und seinen frohen Zukunftsgedanken hinzugeben. Nur leider zerplatzen Zukunftsträume viel zu oft wie zarte, davonschwebende Seifenblasen.

Wie konnte Jack – im fernen Texas – auch damit rechnen, dass er eine gewisse Ähnlichkeit zu einem Deutschen hatte, der in gut einem Jahr erschossen werden sollte – und dass

Blut dicker ist als Wasser ...

Das Jürgenson-Experiment

T. A. Wegberg

Spätabends stehe ich auf der anderen Straßenseite und sehe zum Gefängnis hinüber. Die Zellenfenster sind kleine, gelbe, vergitterte Rechtecke aus Licht, eins neben dem anderen, alle völlig identisch, und hinter jedem lebt eine verlorene Seele. Wovon träumen diese Männer, wenn das Licht gelöscht wird? Kann man noch von einem Strand und einem Haus mit Meerblick träumen, wenn man seit Jahren nur graue Mauern gesehen hat? Oder spiegeln die nächtlichen Bilder ihren eintönigen Alltag wider, den Hofrundgang, die Arbeit in der Wäscherei? Vielleicht wiederholen sie Nacht für Nacht ihre Taten, nur diesmal mit erfolgreichem Ausgang: der Bankräuber träumt von der prall gefüllten Geldtasche, der Vergewaltiger vom Sex mit einer schönen Unbekannten. Einer dieser Männer, so stelle ich mir vor, träumt manchmal von mir. Ich dagegen träume nicht mehr.

Solange ich noch ein Kind war, sah ich Onkel Marten und Tante Gisela nur selten. Sie wohnten in Hessen und kamen nur zu Besuch, wenn ein Familienfest anstand. Tante Gisela habe ich nie sonderlich gemocht. Sie war Mamas jüngere Schwester, und damit ist eigentlich schon alles gesagt: eine übertrieben jugendliche, aufgesetzt naive, mit ihrer Verantwortungslosigkeit kokettierende Persiflage meiner Mutter. Onkel Marten dagegen hatte einen guten Draht zu uns Kindern, weil er uns ernst nahm. Im Gespräch mit ihm kam ich mir unglaublich reif und erwachsen vor, zumal er von Anfang an klarstellte, dass er die Anrede „Onkel" für überflüssig halte. Als ich zehn oder elf war, erzählte er mir einmal von einem Schriftsteller, der ihn sehr beeindruckte. Ich hatte den Namen noch nie gehört, doch ich ließ ihn reden, nickte weise mit dem Kopf und lächelte an den richtigen Stellen. Dann sagte ich:

„Ich komm gleich wieder – muss mal kurz aufs Klo."

In Wirklichkeit rannte ich hoch in mein Zimmer, wo *Meyers Neues Lexikon in 8 Bänden* ein ganzes Regalbrett füllte: das Kommunionsgeschenk unserer Großeltern an mich und Olivia. Hastig überflog ich den maßgeblichen Eintrag, dann eilte ich wieder nach unten.Marten stand neben dem Büfett und ließ gerade eine in Schinken gewickelte Spargelstange in seinem Mund verschwinden.

„Der hat doch für *Die Grenzlinie* den Kleist-Preis gewonnen, oder?", sagte ich, als hätte die Unterbrechung nie stattgefunden. Mein Onkel hielt kurz mit dem Kauen inne und starrte mich verblüfft an. Dann grinste er. „Na ja, wenn das da steht …?" Er nahm ein weiteres Schinken-Spargel-Röllchen von der Anrichteplatte und hielt es mir hin. „Du bist ein kluger Bengel, Jacob. Gefällt mir."

Mit seinen Zaubervorführungen machte mein Onkel uns Kinder krank vor Neugierde. Wie schaffte er es bloß, ein ganzes Hühnerei hinter Olivias Ohr hervorzuziehen? Das hätte man doch sehen müssen, wenn er es schon vorher in der Hand gehalten hätte! Und im Ärmel konnte er es nicht verborgen haben, da wäre es herausgerutscht! Wo versteckte er das rote Seidentuch, das soeben noch für alle sichtbar auf dem Tisch gelegen hatte? Wieso trug ich es plötzlich locker geknotet um den Hals, ohne auch nur gespürt zu haben, wie es mir umgelegt wurde? Wir rätselten manchmal noch tagelang über seine Tricks und stellten die absurdesten Mutmaßungen an, von denen am Ende doch keine standhielt.

Zwischen diesen seltenen Besuchen hatte ich kaum Kontakt zu Onkel Marten und Tante Gisela. Ich hörte meine Mutter gelegentlich mit ihrer Schwester telefonieren – sie klang dabei immer ein bisschen belehrend –, mehr nicht. Nur ganz am Rande meines persönlichen kleinen Universums nahm ich zur Kenntnis, dass mein Onkel mit der Vermittlung von Ferienimmobilien viel Geld verdiente, dass die beiden ein Haus bei Wiesbaden gekauft hatten, in dem es sogar ein Schwimmbad gab, und dass sie vergeblich auf ein Kind hofften.

Für die gesamte Familie war es ein Schock, als Tante Gisela plötzlich verschwand, noch dazu unter vollkommen ungeklärten Umständen. Meine Mutter nahm an, sie sei einem Verbrechen zum Opfer gefallen. Mein Vater war überzeugt, sie habe einen Liebhaber und sei mit ihm durchgebrannt. Und meine Zwillingsschwester Olivia glaubte, sie könne alkoholabhängig und depressiv geworden sein und sich in aller Heimlichkeit irgendwo das Leben genommen haben. Ich wusste nicht, was ich glauben sollte. Eigentlich tendierte ich zur Meinung meines Vaters, aber andererseits konnte ich mir nicht vorstellen, warum man einem Mann wie Onkel Marten irgendeinen Liebhaber vorziehen sollte. Ehrlich gesagt fand ich Marten ziemlich attraktiv, doch diese Einschätzung behielt ich schamhaft für mich. Ich war erst sechzehn und viel zu selbstunsicher, um souverän mit einer so unschicklichen Neigung umzugehen. Jedenfalls schien er sehr unter dem Verlust seiner Frau zu leiden – so sehr, dass meine Eltern ihm anboten, vorübergehend zu uns zu kommen, um Abstand von allem zu gewinnen und sich vielleicht in Berlin eine neue Existenz aufzubauen. Beruflich war er ja nicht ortsgebunden. Mein Onkel zögerte nur ein paar Tage, dann willigte er ein. An einem frostigen Januarwochenende zog er in das Gästezimmer, das meinem gleich gegenüberlag. In meiner Fantasie, die pubertätsbedingt oft pathologische Formen annahm, malte ich mir eine Reihe von atemberaubenden Optionen aus: sein zaghaftes Klopfen an meine Tür, um sich ein Buch auszuleihen, und wie er dann den Blick nicht mehr von mir losreißen konnte, oder nächtliche Begegnungen auf dem dunklen Korridor, bei denen wir schweigend und einer unentrinnbaren Macht folgend übereinander herfielen.

Tatsächlich verschwand Onkel Marten jeden Abend schon vor zehn in seinem Zimmer, drehte hörbar den Schlüssel im Schloss und kam bis zum Frühstück nicht mehr heraus. Und auch bei Tageslicht ignorierte er mich fast vollständig. Er redete nur das Nötigste, war meist von früh bis abends unterwegs, ohne viel über seine Aktivitäten preiszugeben, nahm bei gemeinsamen Mahlzeiten kaum etwas zu sich und hatte einen abwesenden, nach innen gekehrten Blick, den ich früher nie an ihm beobachtet hatte.

Nichts davon konnte mich abschrecken. Im Gegenteil: Je unerreichbarer er war, desto heftiger entzündete sich meine Fantasie. Eigentlich war er nur ein gutaussehender, etwas melancholisch wirkender Mittdreißiger – also immerhin doppelt so alt wie ich –, dem ich unter normalen Umständen kaum einen weiteren Gedanken geschenkt hätte. Aber dass er so greifbar nahe und doch so fern war, dass er seine Nächte in rätselhafter Einsamkeit kaum zehn Meter weiter auf der anderen Seite des Korridors verbrachte, während ich mich vor hormonellem Aufruhr seufzend im Bett herumwälzte – das nährte meine romantische Sehnsucht bei gleichzeitig geringer Gefahr ihrer möglicherweise recht unromantischen Befriedigung. Damals lernte ich auf eindrucksvolle Weise, dass wir nichts so leidenschaftlich lieben wie das, was wir mit Sicherheit niemals haben können. Und ich glaube, „Sicherheit" ist dabei das Schlüsselwort.

Ich beobachtete ihn heimlich, wann immer ich die Möglichkeit dazu hatte. Der Schicksalsschlag hatte ihn noch attraktiver gemacht, fand ich. Marten war schon immer schlank gewesen, doch nun hatte sein blasses Gesicht etwas Asketisches, das mich ebenso faszinierte wie die geröteten Ränder seiner Lider, der kaum merkliche Schatten auf seinem stets glatt rasierten Kinn, die dunkle Haarsträhne, die ihm in die Stirn fiel – und natürlich der unvergleichlich verlorene Blick, mit dem er durch uns alle hindurch in eine unerforschte Ferne sah.

Nach wie vor beschäftigte uns Tante Giselas unerklärliches Verschwinden. Marten hatte uns mit den dürren Tatsachen versorgt: Er war von einer Geschäftsreise nach Lanzarote heimgekehrt, wo er drei Apartmenthäuser verwaltete, und hatte seine Frau nicht zu Hause vorgefunden. Das hatte ihn gewundert, aber noch nicht in Sorge versetzt. Doch der Sonntag neigte sich seinem Ende entgegen, ohne dass Gisela wieder auftauchte. Marten rief einige Freunde und Bekannte an, die alle äußerst überrascht waren, ihm jedoch nicht weiterhelfen konnten. Am Montagmorgen ging er zur Polizei und meldete seine Frau als vermisst.

Keine Spur hatte es seither von ihr gegeben: keinen Abschiedsbrief, den er zu Hause gefunden hätte, keinen Anruf und auch keine Hinweise darauf, dass sie verreist sein könne. Alle ihre persönlichen Dinge – Kosmetik, Nachtwäsche und dergleichen – befanden sich noch an ihrem Platz, und von ihrem Konto war kein Geld abgehoben worden, seit sie verschwunden war. In Martens Gegenwart mieden wir das Thema, um ihm keinen weiteren Schmerz zuzufügen, denn dass er litt, war unübersehbar. Doch wir Geschwister und auch meine Eltern stellten unzählige Spekulationen an. Zu dieser Zeit hatte meine Zwillingsschwester Olivia gerade die Esoterik für sich entdeckt, das heißt, sie las Bücher über Traumdeutung und Seelenwanderung, zündete in ihrem Zimmer Räucherstäbchen vor einem sonderbaren kleinen Altar an und kleidete sich gerne in Schwarz. Es war wohl unvermeidbar, dass das geheimnisvolle Schicksal unserer Tante Olivias Fantasie beflügelte.

„Man müsste versuchen, Kontakt mit ihr aufzunehmen", sagte sie eines Abends beim Essen gedankenvoll.

„Ich glaube, genau das versucht die Polizei schon die ganze Zeit", erwiderte mein Vater einen Hauch ironisch.

„Ja – aber nicht auf den richtigen Kanälen", erklärte Olivia. Meine Eltern wechselten einen skeptischen Blick.

Später an diesem Abend saß ich wie jeden Dienstag vor meinem Radiorekorder und hörte *John Peel's Music,* was meine volle Konzentration erforderte. Ich schnitt nämlich alle Songs mit. Bei einigen erkannte ich nach kurzer Zeit, dass sie nicht gänzlich meinen Geschmack trafen, dann beendete ich die Aufnahme und spulte, noch während sie im Radio weiterliefen, wieder an ihren Anfangspunkt zurück – im Idealfall hatte ich vorher daran gedacht, das Bandzählwerk auf Null zu stellen –, um mich für die nächste Aufnahme zu rüsten. Andere nahm ich bis zum Ende auf, musste aber darauf achten, dass John Peel mir nicht in die letzten Takte hineinquatschte. Außerdem versuchte ich, mir jeweils zu notieren, wie die von mir aufgenommenen Songs und Interpreten hießen, was mein Hörverständnis der englischen Sprache vermutlich mehr geschult hat als acht Jahre Schulunterricht. Das Ganze war eine höchst temporeiche, schweißtreibende Angelegenheit, bei der ich vor allem eins nicht gebrauchen konnte: Störungen.

Olivia wusste das und nahm im Allgemeinen Rücksicht auf meine Passion. Doch an diesem Abend kam sie in mein Zimmer und beobachtete schweigend mein wildes Gefummel mit Start-, Aufnahme- und Pausetaste. Peel sagte gerade einen Song an, den ich bereits aus einer anderen Radiosendung kannte und unbedingt aufnehmen wollte. Gespannt ließ ich meinen Finger über der Pausetaste schweben, bis er seine Anmoderation beendet hatte, und erwischte exakt den richtigen Sekundenbruchteil. Ich lauschte befriedigt dem Schlagzeugintro, schloss die Augen, als die Gitarre einsetzte, und lehnte mich zurück, um Bernard Sumners Stimme in mich aufzusaugen. Olivias Anwesenheit hatte ich vollkommen vergessen, denn dies war einer der seltenen reinen Glücksmomente bei meinem Hobby. Bis ein leises Schnarren, gefolgt von einem unerbittlichen *Klack!*, mitten in den New-Order-Song hineinplatzte. Das Tonband hatte sein Ende erreicht. Ich hatte den verbliebenen Platz zu knapp berechnet. New Order brauchten mehr Raum, als ich ihnen bieten konnte.

„Scheiße! Verdammte gekochte Scheiße!", brüllte ich und schlug wütend auf die Eject-Taste. Erst ihr Kichern erinnerte mich wieder daran, dass Olivia in meinem Sessel saß. Ich fuhr zu ihr herum. „Was gibt's da zu lachen?" In meinem Zorn und meiner Frustration hätte ich ihr am liebsten die Kassette an den Kopf geworfen, aber ich musste mich beeilen, sie umzudrehen und die paar Zentimeter Vorlauf des Bandes mit einem Kugelschreiber bis an jene Stelle zu kurbeln, wo die eigentliche Magnetbeschichtung begann – und das alles, noch bevor der New-Order-Song vorüber war, damit ich John Peels nächsten Worten aufmerksam folgen konnte.

Olivia gab keine Antwort, was vernünftig war, denn ich hätte ihr ohnehin nicht zugehört und sie zudem mit einem gereizten „Schschsch!" augenblicklich zur Stille gemahnt. Aber sie blieb hartnäckig in meiner Gesellschaft und sah mir zu, bis die Sendung zu Ende war. Meine Ausbeute war diesmal nicht allzu groß gewesen, außerdem ärgerte ich mich immer noch über die verpatzte New-Order-Aufnahme. Wahrscheinlich würde ich keine zweite Chance bekommen, den Song im Radio mitzuschneiden, also musste ich mein Taschengeld in den Kauf der Single investieren. Oder sollte ich gleich das ganze Album kaufen? Im Kopf überschlug ich meine finanziellen Möglichkeiten.

„Hast du noch ein leeres Band?", fragte Olivia in diesem Moment.

„Hm? Ja, wieso?", erwiderte ich zerstreut.

„Ich will was ausprobieren", sagte sie. „Leg doch mal eins rein."

„Wie – jetzt? Es ist elf Uhr!", protestierte ich.

Olivia zuckte nur die Achseln. Stöhnend und augenverdrehend, um meinem Widerwillen Ausdruck zu verleihen, zog ich eine meiner noch eingeschweißten Leerkassetten aus dem Regal, rückte der Folie mit meinem Brieföffner zu Leibe und schob das Band in den Kassettenschacht des Radiorekorders. Anschließend schloss ich auf Olivias Wunsch mein externes Mikrofon an das Gerät an und drückte die Aufnahmetaste.

„So. Und jetzt?", sagte ich bewusst genervt.

„Jetzt versuchen wir, Kontakt mit Tante Gisela aufzunehmen", erklärte Olivia. Es klang nicht anders, als wenn sie gesagt hätte: „Jetzt spielen wir eine Runde Cluedo." Ich vergaß meinen demonstrativen Widerstand und riss die Augen auf. „Hä?" Olivia lächelte entspannt. „Setz dich hin. Wir unterhalten uns ein bisschen. Wir machen das Jürgenson-Experiment."

„Was soll das denn sein?", fragte ich beunruhigt.

„Tonbandstimmenforschung", erklärte Olivia immer noch lächelnd.

„Was?" Selbst in dieser einen Silbe gelang es meiner Stimme, sich zu überschlagen.

„Jetzt stell dich nicht so an", drängte Olivia, deren Lächeln einem strengen Zusammenziehen der Augenbrauen wich. „Hast du die Hosen voll oder was? Wir brauchen uns nur zu unterhalten und das Band mitlaufen zu lassen. Und hinterher hören wir uns das an und sehen, ob Tante Gisela sich dazu äußern will."

Mein Herz klopfte viel zu schnell für diese Tageszeit. „Ist das so eine Art Geisterbeschwörung?", wollte ich wissen. Aber Olivia schüttelte den Kopf.

„Das ist ein wissenschaftliches Experiment", sagte sie wichtig. „Nach Professor Jürgenson. Der hat das schon Hunderte Male gemacht. Aber du musst jetzt mal ein bisschen locker werden, sonst funktioniert das nicht. Erzähl mir einfach mal, was *du* glaubst, wo Tante Gisela abgeblieben ist."

Ich hatte dazu keine haltbare Theorie, sondern fand die ganze Angelegenheit ein bisschen zu verstörend, um viel darüber nachdenken zu wollen, aber da Olivia darauf bestand, stellte ich ein paar Spekulationen an, und sie teilte mir ihre Überlegungen mit. Schon nach kurzer Zeit hatte ich vergessen, dass unser Gespräch mitgeschnitten wurde. Olivia erzählte mir von dem Buch, das sie gerade las: *Sprechfunk mit Verstorbenen.* Nach allem, was sie mir darüber berichtete, war es nicht besonders schwierig, den Kontakt zu Toten herzustellen. Ich war mir allerdings nicht sicher, ob ich tatsächlich ein Bedürfnis danach verspürte. Andererseits wollte ich mich vor meiner Schwester nicht als Feigling blamieren, und außerdem hatte Olivia schon immer ihren Willen durchgesetzt.

Wieder kam das *Klack!* der automatischen Bandabschaltung überraschend. Wir verstummten mitten im Satz. Mein Herzschlag beschleunigte sich erneut.

„Soll ich jetzt zurückspulen?", fragte ich Olivia. Sie nickte nur. Wir schwiegen, während das Band sich mit zunehmender Geschwindigkeit wieder an seinen Ausgangspunkt zurückwickelte, und ich spürte, dass meine Hände vor Nervosität kribbelten. Ich drückte die Abspieltaste.

„*So. Und jetzt?*", hörte ich meine eigene Stimme. Olivia und ich kicherten. Es ist merkwürdig, sich selbst sprechen zu hören – es klingt vollkommen anders, als man glaubt, und sorgt in erster Linie für ein Gefühl der Peinlichkeit. Aber nach ein paar Minuten hatten wir uns an die Begegnung mit uns selbst gewöhnt und lauschten nur noch in äußerster Anspannung auf jedes mögliche Nebengeräusch. Olivia saß leicht vorgebeugt in meinem Sessel und hatte die Armlehnen umklammert. Ich kauerte auf meinem Bett, die Knie an den Körper gezogen und mit beiden Armen umschlungen, als müsse ich mich gegen Angriffe schützen.

Ich gestehe, ich hatte Angst. Einerseits wartete ich in höchster Erregung auf ein akustisches Zeichen aus dem Jenseits, andererseits wollte ich in diese Sache nicht hineingezogen werden. Ich schwitzte vor Aufregung. Knapp die Hälfte der C-60-Kassette war bereits abgelaufen.

„*Vielleicht waren ja Einbrecher im Haus und haben sie entführt*", hörte ich mich selbst über Tante Giselas Verschwinden spekulieren.

„*Dann müssten die aber einen Schlüssel gehabt haben*", war Olivias Antwort.

Doch in der sekundenbruchteilkurzen Pause zwischen diesen beiden Sätzen – da war etwas. Wir hörten es beide und starrten uns an, und in Olivias Augen spiegelte sich dasselbe Grauen, das auch ich empfand. „Halt mal an. Spiel das noch mal ab", flüsterte Olivia. Mit zitternden Fingern drückte ich die Stopp-, die Zurück- und schließlich die Abspieltaste.

„... *haben sie entführt.*" An dieser Stelle setzte es ein: ein kurzes, helles, höhnisches Auflachen, eindeutig von einer Frau, aber etwas blechern klingend, wie von einer alten Schellack-Platte. Es begann ungefähr mit meinem letzten Wort und endete, nachdem Olivia zu ihrer Antwort angesetzt hatte. Für mich klang es wie ein Kommentar zu meiner Mutmaßung. Ich hatte eine Gänsehaut am gesamten Körper. Wir spielten die Passage wieder und wieder ab; das Fremdgeräusch blieb, und meine Erschütterung wurde nicht geringer. Es war kein fröhliches Lachen, sondern ein freudloser Laut, in dem Resignation und Verachtung mitschwangen. Ich kann nicht behaupten, dass ich eindeutig die Stimme meiner Tante wiedererkannt hätte – dafür war meine Vertrautheit mit ihr zu gering und die Äußerung zu kurz. Aber es ließ sich nicht bestreiten, dass auf diesem Band ein akustisches Signal festgehalten war, welches mit absoluter Sicherheit nicht von uns beiden oder irgendjemandem sonst stammte, der sich zum Zeitpunkt der Aufnahme in Reichweite des Mikrofons aufgehalten hätte.

Olivia und ich hörten uns die Kassette noch zwei Mal ganz bis zum Ende an, doch es gab keine weiteren Auffälligkeiten. Inzwischen war es fast ein Uhr früh, und wir beide mussten am nächsten Tag zur Schule. Wir beschlossen, das Jürgenson-Experiment vorläufig abzubrechen.

Um vier Uhr vierzig lag ich immer noch hellwach, mit heftig pochendem Herzen und stocksteif in meinem Bett, die Decke hochgezogen bis zum Kinn. Die Vorstellung, dass irgendeine Wesenheit sich hier in meinem Zimmer aufhielt und spöttisch auf meinen Kassettenrekorder lachte, ängstigte mich fast zu Tode. Ich brachte es nicht mal fertig, das Licht zu löschen, weil ich fürchtete, dann von nebelhaften Erscheinungen oder einem kalten Hauch auf meiner Stirn gepeinigt zu werden. Und ich traute mich nicht, zu meinem Radiorekorder hinzuschauen, als sei er von einem Dämon besessen. Ich kann mit Gewissheit sagen, dass ich in dieser Nacht nicht schlief.

Als ich am folgenden Tag aus der Schule kam, war nur Marten zu Hause. Er saß am Küchentisch, las die Tageszeitung und löffelte nebenbei etwas aus einem Schälchen.

„Hallo, Jacob. Magst du auch was?", fragte er und deutete mit dem Löffel auf den Herd. „Nimm dir ruhig, ist noch genug da."

Ich füllte mir eine eigene Schale mit Suppe aus der Tüte und setzte mich zu ihm.

„Und, gibt's was Neues?", fragte ich mit Blick auf die Zeitung.

„Nicht wirklich", erwiderte Marten. Er las einen Artikel zu Ende, faltete sie dann zusammen und legte sie neben seine Suppenschale. „Ich denke immer, es könnte was über Gisela drinstehen. Dass man sie gefunden hat oder so. Aber das ist natürlich Blödsinn. Ehe so was in der Zeitung steht, würde mir die Polizei ja wohl Bescheid sagen." Er seufzte, und mein Herz schwoll an vor Schmerz und Liebe. Wie wunderbar er aussah, wenn dieser Schleier der Traurigkeit sich über ihn legte! Erst als er erstaunt die Augenbrauen hob, wurde mir bewusst, dass ich viel zu lange bewegungslos dagesessen und seinen Anblick in mich hineingelöffelt hatte anstelle der allmählich erkaltenden Suppe.

„Was glaubst du denn? Hast du irgendeine Erklärung für ihr Verschwinden?", fragte ich. Bisher hatte ich nicht gewagt, Marten darauf anzusprechen, aber der Moment erschien mir günstig. Er zog die Schultern hoch und ließ sie kraftlos wieder fallen.

„Ich wünschte, ich hätte eine", sagte er. „Ich lass mir immer wieder alles durch den Kopf gehen, jedes Detail: was sie gesagt hat, worüber wir in den letzten Tagen geredet haben, wie wir uns voneinander verabschiedet haben ... Aber es war alles wie sonst auch. Mir fällt einfach nichts ein, was ein Hinweis sein könnte."

„Das muss schrecklich für dich sein", flüsterte ich voller Mitgefühl. Marten musste zu einer geschäftlichen Verabredung, und ich wollte mich eine Stunde hinlegen – in der Hoffnung, dass ich nun übermüdet genug wäre, um endlich Schlaf zu finden. Beide stellten wir unsere Suppenschalen ins Abwaschbecken, und dabei berührten sich unsere Handrücken, was mir einen prickelnden, elektrisierenden Schlag versetzte. Marten schien es ebenfalls zu spüren, denn ich spürte, dass er zusammenzuckte. Wir bewegten uns nicht von der Stelle. Aus den Augenwinkeln bemerkte ich seinen Blick. Ich hielt die Luft an.

Marten fasste meine Schultern und drehte mich behutsam zu sich, bis wir einander frontal gegenüberstanden. Zwischen uns war nicht mehr als eine Handbreit Abstand. Noch immer traute ich mich nicht, meinem Onkel in die Augen zu sehen. Was hatte er vor? Warum sagte er nichts? Ich hatte die aberwitzige Hoffnung, dass er mich gleich küssen würde, und schloss die Augen. Dann spürte ich, wie seine rechte Hand sich von meiner Schulter löste und mir stattdessen sehr sanft über die Haare und über die Wange strich. Ganz oben in meiner Kehle pochte mein Herz wie ein pulsierender Planet, der sich immer weiter ausdehnte.

„Jacob …", sagte Marten leise und verstummte wieder. Ich wartete regunglos, mit geschlossenen Augen und immer noch angehaltenem Atem. Sehr lange würde ich das wahrscheinlich nicht mehr aushalten, ohne ohnmächtig zu werden. Irgendetwas streifte tatsächlich meine Lippen. Es fühlte sich trocken, weich und warm an, und ich nehme an, es war Martens Mund. Aber als ich endlich den Mut fand, meine Augen wieder zu öffnen, und mein Überlebenswille mich zu einem reflexartigen tiefen Atemzug zwang, stand er vor mir und lächelte mich liebevoll an. Ich sog den Duft nach Fahrenheit ein, der ihn stets begleitete. Martens Hände glitten seitlich an meinen Oberarmen herab und lösten sich von mir.

„Wir sehen uns heute Abend", sagte er und ging.

Ich hatte mir den ganzen Tag mögliche physikalische Erklärungen für das gestrige Lachphänomen ausgedacht – elektromagnetische Felder oder Rückkoppelungen aus dem Radioteil des Kassettenrekorders oder Spannungsschwankungen der Stromversorgung … Im Grunde war es ganz egal, solange ich nicht tatsächlich an den Kontakt mit Verstorbenen glauben musste. Denn das war mir eindeutig eine Nummer zu groß. Und im Interesse meiner Schlafqualität hatte ich mir vorgenommen, keine weiteren Tonbandaufnahmen mehr zu machen.

Für Olivia dagegen stand außer Frage, dass wir unser Experiment fortsetzen würden. Gleich nach dem Abendessen kam sie erwartungsvoll in mein Zimmer.

„Wir können heute die Rückseite der Kassette nehmen", schlug sie vor.

Ich wandte meinen Blick ab. „Hör mal", druckste ich dann herum, „ich weiß nicht … also, eigentlich … können wir nicht …?"

„Was?", fragte Olivia streng. „Hast du Schiss?" Sie klang so verächtlich, dass sich unverzüglich mein Widerspruchsgeist regte.

„Das hat doch damit nichts zu tun!", log ich energisch. „Ich finde bloß … es ist Marten gegenüber irgendwie nicht fair. Er glaubt doch, dass Gisela noch lebt."

„Du hast ihm doch wohl nichts davon erzählt!", rief Olivia drohend. Zwischen uns gab es praktisch seit unserer Geburt das stillschweigende Übereinkommen, niemals Erwachsene in unser Tun einzuweihen.

„Nein!", erwiderte ich. „Natürlich nicht! Aber trotzdem …" Mir schien, als müssten wir allmählich die Regeln der Kindheit hinter uns

70

lassen. Wie immer setzte Olivia sich durch. Zehn Minuten später lief der Kassettenrekorder.

„Diesmal sollten wir vielleicht gezielter vorgehen", meinte meine Schwester. „Professor Jürgenson hat seinen Kontakten richtige Fragen gestellt. Was würdest du Gisela gerne fragen?"

„Ob sie Marten auch .... Ob sie Marten geliebt hat", kam meine etwas zu spontane Antwort.

Olivia hielt inne und musterte mich mit halb zusammengekniffenen Augen. Dann kicherte sie plötzlich.

„Alles klar", sagte sie, und ich fürchte, das entsprach den Tatsachen. Zum Glück ignorierte sie mein Erröten und fuhr fort: „Und ich wüsste gern, ob sie gewaltsam gestorben ist. Tante Gisela! Wenn du mich hören kannst, dann sag mir: Wurdest du getötet?"

Ich fand es albern, in den Raum hineinzusprechen, als sitze Tante Gisela hinter einem Vorhang, und ich weigerte mich, dieses Spiel mitzumachen, aber immerhin formulierte ich weitere Fragen an sie, wenn auch ausschließlich in der dritten Person. „Na ja, mich würde auch interessieren, ob sie das Haus noch lebend verlassen hat", sagte ich. „Und wenn ja, wohin sie gegangen ist. Und ob jemand sie gezwungen hat."

Es gelang uns recht mühelos, die B-Seite der Kassette zu füllen. Und beim Zurückspulen waren wir diesmal noch aufgeregter als gestern.

Einige Minuten lang gab das Band nichts anderes wieder als unser pubertäres Geschwätz, das mir jetzt – mit einer halben Stunde mehr Lebenserfahrung – zunehmend alberner vorkam.

„*Hörst du uns, Tante Gisela?*", hatte meine Schwester gefragt. „*Bitte sag uns, ob du einen Liebhaber hattest und mit ihm mitgegangen bist!*" Und mitten in diesen zweiten Satz hinein ertönte ein sonderbarer Laut, beinahe wie das Kläffen eines kleinen Hundes, zweimal hintereinander in kurzer Folge der gleiche Ton: *Wiff wiff!*

„Da war was!", rief Olivia aufgeregt – als hätte ich es überhören können. Mein Finger lag bereits auf der Stopptaste. Ich spulte zurück und ließ es erneut abspielen. *Wiff wiff!* Es war aber kein Hund, sondern eine einigermaßen menschlich klingende Stimme, offenbar weiblich.

„Was heißt das?", flüsterte Olivia ehrfürchtig. „*Wisch-wisch?*" Ich spielte es wieder ab, und noch einmal, und schließlich ein viertes Mal. „*Mich nicht!*", sagte Olivia. „Das heißt *Mich nicht!*" Ich hörte mir die Passage zwei, drei weitere Male an, dann hatte ich die Erleuchtung. „Quatsch, es heißt *Ich nicht!* Es ist eine Antwort auf deine Frage! Ob sie einen Liebhaber hatte und mit ihm mitgegangen ist! *Ich nicht!* Verstehst du?" Ich war so erregt, dass ich mich fast verhaspelte.

„Aber sie sagt das doch, während ich noch spreche", wandte Olivia ein.

„Na und? Das war doch gestern genauso! Da kam ihr Lachen auch schon, während ich noch geredet habe. Vielleicht sind die Toten einfach schneller."

Mir lief bei meinen eigenen Worten ein Schauer über den Rücken. Eigentlich wollte ich doch gar nicht an Stimmen aus dem Jenseits glauben! Das war doch alles Unfug! Der Kassettenrekorder hatte einfach irgendein Nebengeräusch aufgezeichnet, das uns bei unserem kindischen Geplapper nicht aufgefallen war! Und wir interpretierten jetzt menschliche Worte in das Kläffen eines Pinschers! ... Ich wünschte mir verzweifelt, an meine eigenen Argumente glauben zu können.

Schon wenig später tauchte die nächste Fundstelle auf, und diesmal mussten wir sie nicht einmal wiederholen, um die Worte zu verstehen.

„Ich hab heute mit Marten zu Mittag gegessen", hatte ich gesagt, *„und da hat er mir erzählt, dass er immer denkt, in der Zeitung steht vielleicht was über Gisela."* In die kurze Pause hinein, die vor Olivias Antwort entstanden war, sagte eine eindeutig weibliche Stimme:

„Jacob! Du denkst!" Sie sagte wirklich meinen Namen. Und zwar auf eine sonderbare Art, die erste Silbe sehr gedehnt:

„Jaaa-cob." Aber es war mein Name, ohne Zweifel. Die beiden nächsten Worte waren sehr schnell gesprochen, doch mühelos zu verstehen. Im Hintergrund war ein Ton zu hören, der an eine Mundharmonika erinnerte.

Ich war so erschüttert, dass ich nicht in der Lage war, das Band zurückzuspulen. Auch Olivia war plötzlich still geworden, was mich noch mehr ängstigte. Wenn sie Furcht zeigte, dann gab es auch wirklich Grund dafür – eine Erfahrung, die sich seit unserer frühesten Kindheit immer wieder bestätigt hatte und die im Moment nicht gerade zu meiner inneren Stärkung beitrug. Wir saßen stocksteif da, starrten den Kassettenrekorder an und schwiegen.

„Das war ja wohl offensichtlich", sagte Olivia schließlich mit etwas zittriger Stimme. „Spul noch mal zurück." Zögernd folgte ich ihrer Anweisung.

„Jacob! Du denkst!"

„Was meint sie damit?", fragte Olivia ratlos. Ich konnte nur mit den

Schultern zucken. Noch immer war ich viel zu erschüttert, um zu sprechen. Wir ließen das Band weiterlaufen. Ich wünschte mir nur noch eines: dass es bald zu Ende sein möge. Ohne weitere Kommentare aus dem Jenseits. Ich hatte genug, ich wollte nichts mehr hören; mein innerer Frieden war längst so nachhaltig gestört, dass ich Monate brauchen würde, um wieder ruhig schlafen zu können. Doch mein Wunsch blieb unerfüllt.

„Vielleicht ist sie ja doch ermordet worden", hörte ich Olivia auf der Kassette sagen. *„Dann könnte sie uns ja sagen, wer der Mörder ist"*, hatte ich erwidert. Ich hatte versucht, es ein bisschen ironisch klingen zu lassen, aber meine Stimme wirkte stattdessen klein und schwach, als wäre ich viele Jahre jünger. Und außerdem gingen meine letzten Worte in einem seltsamen Rauschen unter, das anschwoll und lauter wurde und aus dem sich schließlich erneut die fremde weibliche Stimme abhob, entfernt, aber deutlich:

„Der dich der Mörder geküsst hat."

Olivia stieß einen leisen Schrei aus und schlug sich dann die Hand vor den Mund. Aus schreckgeweiteten Augen starrte sie mich an. In blinder Panik riss ich das Netzkabel des Kassettenrekorders heraus, packte das Gerät an seinem Tragegriff und schleuderte es mit einem verzweifelten, tief aus meiner Kehle kommenden Stöhnen immer wieder gegen die Wand, bis es vollständig in seine Einzelteile zerschmettert war und die Tapete in Fetzen herunterhing. Die Kassette war herausgefallen. Ich trampelte mit dem Absatz meines Schuhs darauf herum wie auf einem widerlichen Insekt, bis auch sie nur noch ein formloser Haufen aus Plastiktrümmern und braunen Innereien war.

Nur wenige Tage später musste ein junger Autofahrer in der Frankfurter Innenstadt sehr plötzlich seinen Talbot Matra Rancho abbremsen, weil vor ihm ein Kind auf die Fahrbahn rannte. Die Frau in dem nachfolgenden VW Scirocco konnte nicht schnell genug reagieren, und es kam zu einem Aufprall, der eigentlich keinen großen Schaden anrichtete: Die Hecktür des kleinen Lieferwagens war nur leicht eingedrückt, die Stoßstange des Scirocco verbeult und ein Frontscheinwerfer zerbrochen. Doch der junge Mann sprang aus seinem Auto und rannte in sichtlicher Panik einfach davon. Als er nach einer Viertelstunde nicht zurückgekehrt war, rief die Scirocco-Fahrerin die Polizei. Es war nicht sonderlich schwer, den Fahrzeughalter zu ermitteln, zumal der Rancho mit allen relevanten Daten beschriftet war: Jochen D. Rademacher, Antiquitäten und Restaurierung antiker Möbel, An der Staufenmauer 27,

Frankfurt/Main, Telefon: 069/271433. Einer der Streifenpolizisten setzte sich hinter das Lenkrad des unverschlossen zurückgelassenen Lieferwagens, um sich nach persönlichen Gegenständen des Halters umzuschauen, der andere öffnete die ramponierte Hecktür und nahm die Ladung in Augenschein. Er fand zwei Biedermeierstühle, eine Nussbaumkommode, einen Jugendstilspiegel, einen Werkzeugkoffer, einige Wolldecken und einen blauen Müllsack. Darin befanden sich zwei Unterarme und ein halber Brustkorb.

Jochen D. Rademacher war zu Hause, und er hatte die Beamten bereits erwartet. Als er die Tür öffnete, hielt er eine zu drei Vierteln geleerte Flasche Whisky in der Hand. Er war ziemlich betrunken, aber noch in der Lage, ein umfassendes Geständnis abzulegen. Seit Oktober war er Martens heimlicher Geliebter, und an jenem Sonntag im Dezember waren die beiden von einem gemeinsamen Kurzurlaub auf Lanzarote zurückgekehrt und hatten Gisela endlich alles erzählen wollen, um faire Voraussetzungen für eine einvernehmliche Scheidung zu schaffen. Doch Gisela war außer sich geraten. Sie hatte ihn und Marten beschimpft und war schließlich sogar mit einer kleinen Marmorskulptur auf das Paar losgegangen. Marten hatte sie von hinten festhalten wollen, aber sie hatte sich wie rasend gewehrt. Plötzlich hatte etwas laut geknackt, und ihr Körper war erschlafft. Offenbar hatte Marten ihr – völlig unabsichtlich, wie Jochen beteuerte – das Genick gebrochen. Jochen hatte daraufhin sofort einen Arzt und die Polizei anrufen wollen, aber Marten, so berichtete er etwas lallend, habe gemeint, nun sei es ohnehin zu spät, und niemand würde ihnen glauben, dass dies ein Unfall gewesen sei. Sie müssten vielmehr dafür sorgen, dass Gisela verschwinde, und einander nach Möglichkeit für eine Weile aus dem Weg gehen: das sei eine notwendige Investition in ihre gemeinsame ungetrübte Zukunft. Also hatte Marten mit Jochens Hilfe die Leiche in dessen Werkstatt gebracht, sie dort zerteilt und in seiner Tiefkühltruhe zwischengelagert. Seinem Geliebten hatte er den Auftrag gegeben, sie nach und nach an verschiedenen Orten zu entsorgen, was er gefahrlos tun könne, weil niemand ihn mit Gisela in Verbindung bringe, und wenn das erledigt und genügend Zeit vergangen sei, stünde ihrem Glück nichts mehr im Wege. Marten besaß ein kleines Haus mit Meerblick auf Lanzarote, in dem sie sich schon mehrmals getroffen hatten. Und daran, sagte der betrunkene Jochen weinend, hätte er die ganze Zeit gedacht, wenn er wieder Teile der Toten in Müllsäcke gepackt und weggebracht hätte: an den Strand und das Haus mit Meerblick.

Geisterstadt

Abo Alsleben

„Ich gehe langsam die Straße entlang; unter meinen Schritten knirscht der Staub, der sich nicht in den Ritzen und Rissen der Pflastersteine verstecken und nach Halt suchen konnte. Ich bemitleide ihn, weiß ich doch, dass ihn der nächste Regen in den Rinnstein spülen und auf eine weite Reise in die Kanalisation schicken wird.
Vielleicht sieht dieser Staub für mehrere Jahre das Licht der Sonne nicht ... Die Fassaden der betagten Häuser werden von riesigen Plakaten zusammengehalten, sie schreien mir entgegen: *Verschulde dich! Kauf mich!* und *Du brauchst mich doch!*
Von einer grünen Fensterbank im dritten Stock hängen lange Geranientriebe, so als wüchsen Zöpfe aus den Pflanzkübeln. Ab und zu glaube ich, ein Gesicht hinter den Gardinen zu erblicken, doch wenn ich hochsehe, ist da niemand. Es ist still hier, nur das entfernte Quietschen einer Straßenbahn kündet von der Zivilisation. Selten kommen mir Menschen entgegen, sie weichen meinem Blick aus, aber wenn ich an ihnen vorübergegangen bin, sehe ich aus den Augenwinkeln, dass sie meinen Rücken mustern und mich aus schattigen Hauseingängen mit argwöhnischen Blicken mustern. Ihre Gesichter sind fahl, ihre Haltung gekrümmt, so als trügen sie eine tonnenschwere seelische Last mit sich herum. Ich setze mich in ein Straßencafé und bestelle, als die junge Kellnerin heranschlurft, eine Tasse schwarzen Tee. Schräg gegenüber ragt der Kirchturm in den Himmel.
„Wollen Sie sonst noch etwas?", fragt mich die Kellnerin.
„Nein, vielen Dank!", antworte ich und versuche, unbemerkt einen Blick in ihren Ausschnitt zu erhaschen, doch sie fixiert mich streng und gibt mir keine Möglichkeit, als ob sie meine lüsternen Gedanken erahne. Ich bezahle und trinke meinen Tee.
Die Turmuhr schlägt, es ist zwei Uhr. Einige Augenblicke später kreischt auch die Klingel des Schulgebäudes, auf dessen Front sich der Schatten des Kirchturmes vage abzeichnet. Die Türen öffnen sich, und Kinder treten heraus. Sie haben Schulschluss. Sie gehen schweigend die Stufen herab und verabschieden sich wortlos von ihren Klassenkameraden. Müssten die sich nicht über den Unterrichtsschluss freuen und rennen? Rumkrakeelen und unsinnig ihre überflüssige Energie wegtoben?, wundere ich mich und zünde mir eine Zigarette an. Da fällt mir auf, dass alle Kinder kurz

geschorene Haare haben. Es ist kein Unterschied zwischen Mädchen und Jungen auszumachen. Trotz der warmen Temperaturen tragen alle Kinder dunkle lange Hosen, zu weite Hemden und altmodische Jacken. Keine Spur von blinkendem Schmuck, glänzenden Kettchen oder modischen Stiefeln.

Die Kinder wirken, als wären sie einem Film aus der Zeit nach dem letzten Krieg entstiegen, wo Not und Hunger herrschten. Sie blicken schweigend zu Boden und strömen in kleinen Grüppchen träge in verschiedene Richtungen auseinander. Was ist mit den unbeschwerten kindlichen Regungen?, denke ich mir, ziehe an der Zigarette und fürchte, es gibt einen Trauerfall an der Schule; den Verlust eines beliebten Lehrers oder coolen Rektors. Außer mir scheint niemandem etwas aufzufallen, so sieht hier wohl der Alltag aus. Es ist beklemmend, es kommt mir vor, als würde dieser Teil der Stadt von einem geisterhaften Schleier gepackt. Ich winke der Kellnerin durch das Fenster. Sie schlurft herbei und stellt sich fragend vor mich.

„Sagen Sie...", beginne ich meine Frage. „Wird hier ein Film gedreht?"

Vielleicht habe ich die Kameras nicht bemerkt und bin nun Teil eines historischen Dramas geworden?, denke ich mir. Die Kellnerin schaut sich kurz um, so als solle niemand ihre Antwort hören, und antwortet leise:

„Vor einem Jahr gab es im Stadtpark ein abscheuliches Verbrechen an einem Mädchen. Der Mörder wurde bisher nicht gefasst, deshalb sollen die Mädchen nicht schick aussehen und so wie Jungen..."

Ihre tonlose Stimme ist kaum noch zu vernehmen. Es scheint, sie fürchtet, dass der Täter hinter der nächsten Hauswand lauern könnte. Sie sieht sich um und verschwindet rasch im Café. Mich fröstelt auf einmal, ich komme mir beobachtet vor. Ich fühle die Blicke geradezu in meinem Nacken, wie sie mich hinter ihren Gardinen anstarren und argwöhnisch mustern; den Fremden in ihrer Stadt. Also mache ich mich auf den Weg. Ich schlendere die Straßen entlang und gelange an einen Teich. Bettelndes Geflügel nähert sich dem Ufer, aber ich beachte es nicht. Ich bin in Gedanken versunken und gehe nachdenklich weiter. Mit einem Mal wird mir bewusst, dass ich mich im Stadtpark befinde. Auf einer Bank sitzt ein Mädchen und lässt die Beine baumeln. Sie singt ein trauriges Lied, und ich stehe da, als wäre ich gelähmt. Dann blickt sie zu mir, und ich bemerke, dass dicke Tränen auf ihren Wangen glitzern. Sie sagt nichts, blickt mich nur stumm an und versucht ein Lächeln. Dann steht sie auf, rennt wortlos davon und verschwindet hinter einer Mauer. Ich setze mich auf die Bank und bemerke einen blutigen Fleck, gerade dort, wo sie gerade saß. Ich erschrecke und springe auf, starre auf die rote Pfütze. Die Kleine ist verletzt, schießt es mir durch den Kopf, und ich blicke ihr nach. Dann renne ich hinterher, biege um die Mauer und stehe im nächsten Augenblick auf dem städtischen Friedhof. Es ist die Abteilung der Kindergräber, vor den Kreuzen liegen Plüschbären, Abschiedsbriefe und Spielsachen. Mein Herz verkrampft sich, ich ringe nach Luft. Ein Grab ist frisch ausgehoben, aus der Grube dringt leiser Gesang an meine Ohren. Beim Gedanken, dass die Kleine da drinnen hockt, schlägt mir das Herz bis zum Hals. Ich trete langsam heran und erstarre: Es ist noch leer.

Die Geisterhatz

Jana Heidler

Katharina war eigentlich ein sehr schüchternes Mädchen, das in Gegenwart anderer Menschen kaum ein Wort über die Lippen brachte. Deshalb hatte sie stets als Außenseiterin gegolten und war meist alleine. Beinahe neidvoll hatte sie immer auf die beliebten Mitschüler geblickt, die sie nur allzu oft ignorierten. Das sollte sich in ihrer Jugend jedoch ändern, denn sie hatte das große Glück, sich doch recht ansehnlich zu entwickeln, so dass sie zumindest die Aufmerksamkeit des begehrtesten Jungen der Schule auf sich zog. Der wollte sie als Trophäe, und die anderen Mädchen reagierten mit Eifersucht und Missgunst auf sie. Und diese Gören waren in höchstem Maße hinterhältig und taten zunächst so, als wären sie ihre besten Freundinnen. Mit Lobeshymnen überwanden sie ihr natürliches Misstrauen und lullten sie ein, bis sie ihnen völlig vertraute. Dann konnten sie ihren perfiden Plan endlich in die Tat umsetzen:

Sie luden sie zu einer kleinen Übernachtungsparty ein und hatten zu diesem Anlass diverse einschlägige Partyspiele vorbereitet. Der Höhepunkt sollte schließlich eine schaurig-schöne Partie Gläserrücken werden, wobei die Geisterbeschwörung im Vordergrund stand. Als harmlosen Streich getarnt wollten sie ihre vermeintliche Konkurrentin in den Wahnsinn treiben. Viel Zeit hatten sie im Vorfeld investiert, um den gruseligen Betrug in Perfektion durchführen zu können, und alles lief wie geplant. Gedämpftes Kerzenlicht und drückende Ruhe sorgten für die düstere Stimmung, und gleich nachdem sie angefangen hatten, begann die Manipulation, so dass ihr Opfer glauben musste, dass tatsächlich ein Geist anwesend sei. Katharina fürchtete sich sehr. Doch sie konnte sich nicht die Blöße geben und davonlaufen. Sie musste sich dieser Prüfung stellen, denn als nichts anderes als einen Test sah sie es, und letztlich glaubte sie sowieso nicht an solche Dinge wie Gespenster. Aus diesem Grund machte sie mit und tat alles, was von ihr verlangt wurde, obwohl ihr Gefühl dauerhaft Alarm schlug und jedes Mal förmlich aufschrie, wenn sie an der Reihe war, der vermeintlichen Geisterseele eine Aufgabe zu stellen.

Schließlich forderten die falschen Freundinnen von ihr, sie solle nach dem Tag ihres Todes fragen. Das sollte ihr den letzten, entscheidenden Stoß versetzen und ihr den Verstand rauben, denn sie hatten die Antwort bereits vorbereitet, die ihr das Ende ihres kurzen

Lebens ankündigen sollte. Nun aber weigerte sich Katharina, hörte endlich auf ihre vor Pein schreiende Seele, was die anderen jedoch in keiner Weise akzeptierten, die nach wie vor versuchten, sie dazu zu überreden. Als jegliche Überzeugungsarbeit und auch Drohungen nicht halfen, meinte die Anführerin der Gruppe, ein hübsches, wasserstoffblondes, arrogantes Mädchen, gereizt zu ihr gewandt: „Na, dann mache ich es eben! Du bist doch nur ein Loser!"
Noch ehe Katharina etwas dagegen einwenden konnte, war die Frage ausgesprochen, woraufhin einen kurzen Moment lang eisige Stille einkehrte, in der die Zeit zu stocken schien. Dann brach plötzlich ein monströser Sturm los, nicht aus Luft, sondern aus unerklärlichen Energien bestehend. Unsichtbar, aber deutlich spürbar zog er über sie hinweg und durch sie hindurch. Er fegte sämtliche Gedanken hinfort und ließ bei allen Beteiligten nur lähmende Furcht und eine tiefe Kälte zurück. Als nach endlosen Sekunden die Starre nachließ, stoben sie wortlos auseinander und flohen schnellstmöglich. Seither gingen sie sich konsequent aus dem Weg und mieden jeden Kontakt zueinander. Selbst in der Schule trafen sie sich nicht mehr.

Einige Jahre hatte Katharina gebraucht, um dieses scheußliche Ereignis zu verarbeiten. Glücklicherweise lernte sie Menschen kennen, die sie dabei unterstützten, so dass diese eine Nacht immer mehr in Vergessenheit geriet. Ein Jahrzehnt später begegnete sie im Rahmen ihrer ehrenamtlichen Tätigkeit in einem Obdachlosenheim einer verwahrlosten Frau mit dreckiger, zerschlissener Kleidung und zerzaustem, schmutzig-blondem Haar. Es stellte sich heraus, dass dies die Anführerin der Mädchengruppe von damals gewesen war. Sie berichtete ihr, dass sie seither nie zur Ruhe gekommen war, stets auf der Flucht vor unsichtbaren Verfolgern, deren eiskalten Atem sie immerwährend im Nacken spürte – ein Leben, schlimmer als der Tod.
So hatte sie gelernt, dass es Mächte gibt, mit denen man nicht spielen sollte ...

Das Ritual ... höllisch schiefgelaufen

Simon Rhys Beck

Eisiger Wind strich über meinen nackten Rücken. Ich war längst über das Stadium des Frierens hinaus – ich zitterte vor Kälte. Mein ganzer Körper vibrierte in einem unangenehmen Takt. Seit ich wieder bei Bewusstsein war, fror ich erbärmlich. Äußerlich und innerlich. Gut, ja, ich gebe es zu, ich hatte mich mehr oder weniger freiwillig bereit erklärt, bei diesem Ritual mitzumachen. Aber ich hatte nicht gewusst, dass ich es sein würde, der als Opfer ausgesucht wurde. Das hatte vorher nicht zur Debatte gestanden. Eigentlich hatte nie jemand ein Wort darüber verloren, dass es eine Art Opfer geben musste! Ich war nur neugierig gewesen. Hatte mich mit einer morbiden Faszination zu weit vorgewagt. Das hatte ich nun davon! Scheiße. Sie waren gegangen.

Ich hatte keine Ahnung, wie lange ich hier bereits lag, mit gespreizten Armen und Beinen. Festgekettet auf dem Boden, in einem aus größeren Steinen gelegten Kreis. Ein wie auch immer geweihter Kreis – alles Humbug! Hatte man ja gesehen. Nichts war passiert. Wobei, meine Erinnerung war über weite Teile ziemlich verschwommen, nachdem sie mich gezwungen hatten, dieses eklige Gesöff zu trinken. Meine Fesseln waren mit Eisenspießen im Boden fixiert. Ich hatte keine Chance zu entkommen, aber ich war mir auch nicht sicher, dass sie zurückkommen würden. Und da ich mich auf einem seit langem nicht mehr genutzten Friedhof befand, standen meine Chancen ohnehin ganz schlecht. Ich wollte gar nicht darüber nachdenken.

Diese Arschlöcher! Mir wurde klar, dass sie mich eingelullt hatten. Es war von Anfang an ihr Plan gewesen, mich für dieses Ritual zu missbrauchen. Aber selbst als sie alle in ihren Kapuzengewändern aufgetaucht waren, hatte ich es nicht kapiert! Ich war der Einzige, der normal gekleidet erschienen war. Und ich war der Einzige, der nachher nichts mehr angehabt hatte. In mir keimte der Verdacht, dass sie mich hier verrecken lassen würden. Einfach aus dem Grund, weil ich sie nun kannte und wusste, was sie trieben. Ich meine, hätte ihre blöde Beschwörung geklappt, wäre ich wahrscheinlich auch draufgegangen. Das war mir mittlerweile auch klar. Einen Dämon hatten sie herbeirufen wollen! Ich gebe ja zu, ich habe nicht daran geglaubt, dass so was überhaupt klappen könnte. Hatte es ja auch nicht im Endeffekt! Aber mir nutzte diese Erkenntnis herzlich wenig. Denn sie hatten mich einfach zurückgelassen. Ich war zwar nicht mehr vollkommen bewusstlos gewesen, aber mein Bitten und Flehen hatte sie überhaupt nicht gekümmert. Sie waren einfach abgezogen. Und jetzt saß ich in der Scheiße. Also, richtiger: Ich lag auf der kalten Erde eines alten, abgelegenen Friedhofs. Es war mitten in der Nacht, ich konnte mich nicht rühren – ich hatte keine Klamotten! Mir war schweinekalt. – Niemand würde mich hier finden. Und was noch schlimmer war: Niemand würde mich suchen!

Als dieser Gedanke zum ersten Mal durch meine immer klarer werdenden Gehirnwindungen gekrochen war, hatte mich das unheimlich wütend gemacht. Auf diese Scheißkerle... auf mich. Denn mal ehrlich – wer bei so etwas mitmachte, war doch einfach ein Idiot. Aber ja, irgendwie hatte es mich fasziniert. Das Verbotene hatte mich gereizt. Und vielleicht, ich gebe es zu, vielleicht hatte ich ja auch gedacht, dass alles in einer ziemlich abgefahrenen Orgie endete. Irgendwie hatte ich das auch noch gedacht, als sie mich genötigt hatten, mich auszuziehen. Aber ziemlich bald darauf hatte sich mein aktives Denken verabschiedet. Vielleicht war das auch gut, denn sie hatten mich zwar nicht vergewaltigt, aber mein Rücken brannte so seltsam, als wenn... hm... ich hatte mich mal auspeitschen lassen, im Zuge einer sexuellen Grenzerfahrung. Am nächsten Morgen hatte sich meine Rückseite ähnlich angefühlt. Aber ich konnte mich absolut nicht erinnern, geschlagen worden zu sein. Doch was interessierte es, was sie mit mir angestellt hatten? Mir blühte etwas viel Schlimmeres – wenn mich niemand fand und befreite. Wovon auszugehen war. Scheiße...

Was für einen Dämon hatten diese Idioten eigentlich heraufbeschwören wollen? Nicht, dass es von Belang gewesen wäre, aber ich hatte ja gerade nichts anderes zu tun, daher konnte ich mir auch darüber Gedanken machen. Ich hatte nicht viel Ahnung von so etwas. Ich war weder Okkultist noch Satanist. Ich war einfach nur bescheuert. Anders konnte man sich nicht erklären, wie ich in diesen Schlamassel hineingeraten war.

Wie lange ich wohl schon hier lag? Meine Hände und Füße waren taub. Ich lauschte angestrengt, konnte aber nichts hören außer dem Rauschen der Blätter, den leisen Geräuschen der nachtaktiven Tiere, dem Klappern meiner Zähne und ... einem seltsamen Zischen, dem ein Schnalzen folgte. Dieses Schnalzen klang nicht gerade menschlich, aber auch nicht wie ein zufälliges Naturgeräusch, wobei ich mir nicht anmaßen möchte, der Natur reine Zufälligkeit zu unterstellen. Okay, ein Schnalzen, ein Geräusch wie „ts, ts, ts".

„Hallo? Ist da irgendwer?", rief ich, verängstigt schlotternd. War einer dieser hirnamputierten Kapuzenträger etwa zurückgekommen? Vielleicht wollten sie mich doch nicht verrecken lassen ... Ich räusperte mich. „Hallo! Könnt ihr mich bitte wieder losmachen? Ich habe jetzt lange genug hier gelegen ...“

Keine Antwort.

Gut, ich konnte mich ja nicht lächerlich machen. Entweder dort war jemand – dann konnte mich dieser Jemand ja auch befreien. Oder da war keiner – dann war es egal, was ich laberte.

„Bitte! Hallo! Kann mich irgendjemand hören? HALLO!“

„Sei leise", zischte es auf einmal sehr dicht an meinem Ohr. Mir gefror das Blut förmlich in den Adern. Ich erschrak so heftig, dass ich mir fast in die Hose gemacht hätte! Ah, nein, ich trug ja gar keine ...

„Du störst die Ruhe.“

„Ja, ja, tut mir leid", presste ich stammelnd hervor. Ich war so glücklich, dass mich jemand gefunden hatte, dass ich sofort anfing zu heulen. Ich schluchzte nicht oder so, aber die Tränen liefen einfach über mein Gesicht, ich hätte sie nicht aufhalten können.

„Bitte, mach mich los ...“, schniefte ich.

„Was machst du hier?", wurde ich stattdessen gefragt.

Diese Stimme klang merkwürdig, zischend, als wenn jemand ein Ventil geöffnet hätte und zu viel Luft aus einer engen Öffnung herausströmte. Nicht menschlich.

„Ich bin ... ich ...“ Was sollte ich bloß darauf antworten? Urlaub? Eine kleine Verschnaufpause? Aber ich wollte meinen potenziellen Retter auch nicht mit einem flapsigen Spruch verärgern.

„Was *machst* du hier?“

„Ich wurde von so ein paar Idioten gefesselt, weil ... weil die einen ... eine Dämonenbeschwörung durchführen wollten", sprudelte es aus mir heraus. „Völliger Blödsinn! Aber dann sind sie einfach abgehauen! Ich ... bitte, mach mich los. Mir ist schon ganz kalt.“

In Anbetracht der Lage war es ohnehin etwas verwunderlich, dass der Typ mich noch nicht losgebunden hatte. Ich sah doch nicht aus wie jemand, dem so etwas Spaß machte!

„Eine Dämonenbeschwörung?" Heiseres Lachen erklang und jagte wie ein Stromstoß durch meinen Körper. Das hier war so unheimlich. Ich hatte auf einmal kein Bedürfnis mehr, mir diesen Typen anzusehen, der noch immer halb hinter mir stand. Wie konnte jemand aussehen, der so eine Stimme, so ein Lachen hatte? Das war Stoff für einen Horrorfilm. Aber ich hatte keine Wahl. Wenn mich jemand befreien konnte, dann dieser Kerl.

„Ja, ich weiß, das klingt etwas unwahrscheinlich", gab ich zu. „Das sind ein paar ganz schräge Typen ..."

„Schräg? Dumm, würde ich behaupten. *Lebensmüde*. Und nun zu dir ..."

„Ja ja, ich bin auch dumm, sonst läge ich jetzt nicht hier", presste ich kläglich hervor. „Aber ich bin nicht so ein Dämonenbeschwörer! Ich war nur neugierig. Ach, dieser ganze Scheiß! Und dann hat es nicht einmal geklappt!"

Es gab eine Bewegung neben mir, Wind strich kühl über meine Seite – und eisige Finger berührten mich. Erschrocken schrie ich auf. Was sollte das jetzt?

„Du bist schön", zischelte die Stimme neben mir. „Sehr schön, das haben sie richtig gemacht. Aber ansonsten ... Stümper ... viel zu schwach, um mich zu halten."

Mir sträubten sich alle Haare. Ich hörte sehr wohl, was dieser Typ, dieses Wesen, neben mir sagte, und irgendwie, ganz tief in meinem Innern, wusste ich sogar, was diese eigenartigen Worte bedeuteten. Aber ich wollte es nicht wahrhaben.

„Machst du mich los?", winselte ich.

„Später, vielleicht ... mal sehen ... Jetzt bin ich so hungrig, verstehst du?"

Nein! Ich verstand nicht! Und ich wollte auch nicht verstehen.

„Kommst du wieder, wenn du – gegessen hast?"

Das Wesen neben mir lachte leise. „Du weißt es doch schon längst ... das spüre ich." Die eisigen Finger gingen auf Wanderschaft und hinterließen auf meinem völlig ausgekühlten Körper eine brennende Spur. „Ich bin ein Incubus, ich ernähre mich von Seelen und von Lust."

Ich war nicht besonders glücklich mit dieser Information. Warum um alles in der Welt hatten diese Hirnamputierten einen Incubus gerufen?

„Und ... w-was heißt das jetzt? Dass ich das Essen sein soll?" Selbst in meinen Ohren klang meine Stimme dünn und hilflos.

Ein seltsames grollendes Geräusch war die Antwort. O Gott, wie mochte jemand aussehen, der solche unheimlichen Geräusche fabrizieren konnte?

„Glaub mir, mein Hunger ist rasend, aber ... du bist zu schön. Du gefällst mir. Ich habe mich für einen anderen Plan entschieden."

Meine kurzfristige Erleichterung wandelte sich erneut in eisige Erstarrung. War nicht besonders gesund, einem Incubus zu gefallen, oder? Und dass er so eine Kreatur war, daran bestand für mich kein Zweifel.

„Was für ein Plan?", fragte ich vorsichtig, kaum noch hörbar. Aber war nicht alles besser als der Tod?

„Ich brauche dich, du bist mein Portal. Durch dich kann ich diesen verfluchten Ort verlassen. Endlich, nach so vielen Jahren!" Wieder kippte die Stimme, wurde zu einem Zischen. Da war so viel Grausamkeit und Zorn in diesen Worten, dass ich plötzlich davon überzeugt war, dass der Tod vielleicht die angenehmere Variante war.

„Weißt du eigentlich", er war ganz nah an meinem Ohr, „wie lange ich hier schon festsitze?"

„N-nein!"

Eine totenkalte Hand griff in mein Haar.

„Ich mach dich los und begleite dich in dein Heim. Und dann ..."

„... saugst du meine Seele aus meinem Körper, während du mich vergewaltigst?"

Glucksendes Lachen war die Antwort.

„Vielleicht musst du erst mal selbst etwas essen, dich waschen, warm werden ..."

Oh, ein fürsorglicher Incubus?

„Hm, ja ... und danach? Fällst du danach über mich her?"

„Also ein bisschen mehr Raffinesse solltest du mir zutrauen." Mein Befreier in spe klang ehrlich entrüstet. „Ich bin ein Incubus! Und das schon seit Ewigkeiten! Außerdem bin ich dir irgendwie dankbar, dass du hier aufgetaucht bist."

Aufgetaucht? Das war ja mal eine hübsche Formulierung. Und so überraschend aus dem Mund eines gruseligen Dämons. Aber scheiße, ich hatte keine Wahl. Er würde mich losbinden und mir in meine Wohnung folgen. Und der Gedanke an eine heiße Dusche und etwas zu essen war verlockend genug. Vielleicht sagte er die Wahrheit, vielleicht war meine Gegenleistung nur ein bisschen ... Gefälligkeit? Und nur *etwas* von meiner Seele?

„Okay", sagte ich schließlich matt. „Aber, nur so zu meiner Information – was bedeutet das mit dem Portal?"

„Wirst du schon sehen", war die ausweichende Antwort. Ich hatte kein gutes Gefühl bei der Sache. Konnte man einem Dämon überhaupt trauen? Kalte Finger begannen meine Fesseln zu lösen. Ich konnte es kaum glauben, aber meine Panik wurde immer größer. Was für einer grässlichen Kreatur würde ich gleich gegenüberstehen?

„Ich möchte mich mit dir verbinden", wurde ich informiert. „Dann sind wir für immer zusammen."

„Ewig?", fragte ich schwach. *O Gott!*
„Das kommt auf dich an."
Ketten klirrten. Meine Hände waren frei. In meinem Kopf entstand eine gähnende Leere. Da war – nichts. Und genau das war ich. Nichts. Ein kleiner Idiot, hübsch genug, um es manchmal für Geld zu tun. Und was kam jetzt? Auch meine Füße waren nun frei. Ich versuchte mich zu bewegen, aber das ging nicht. Ich war wie eingefroren. Langsam wurde ich auf den Rücken gedreht. Ich erwartete das Schlimmste, eine grauenhafte Fratze, ein Monster! Und dann sah ich ihm ins Gesicht – es war das schönste und verführerischste Gesicht, das ich jemals gesehen hatte. Er zog mich an sich, an einen perfekten, ein wenig durchscheinenden Körper, in eine angenehme und beschützende Umarmung. Ich war so erschöpft und so überwältigt, dass mir Tränen über die Wangen liefen.
„Wir sind gleich zu Hause."
Ja, ich glaubte ihm.

Der mysteriöse Nachbar

Justin C. Skylark

Die Regentropfen auf seiner seidenen Hose waren ebenso ärgerlich wie der Kaffeefleck auf seinem frisch gebügelten Hemd, doch Lukas Benzinger brachte dies nicht aus der Fassung, als sein Chauffeur ihn vor seinem Büro absetzte und er abermals, mit dem Coffee to go in der Hand und der Aktentasche unterm Arm, den feuchten Bürgersteig betrat. Vielmehr waren es die Möbelpacker und der dazugehörige Lärm im Treppenhaus, die ihm die gute Laune zu vermiesen drohten.

„CLARK PERRÉ – Spirituelle Energien und Lebensfreude" – so stand es auf dem Türschild schräg gegenüber von Benzingers Kanzlei. Aha: ein neuer Nachbar. Und noch während er einen weiteren Schluck seines Kaffees zu sich nahm, stand er dem neuen Mieter auch schon gegenüber.

„Entschuldigen Sie den Lärm", begann der, „aber ich denke, bis übermorgen werden meine Leute den Einzug über die Bühne gebracht haben."

„So, so!", erwiderte Benzinger wortkarg. Dabei spähte er neugierig in die frisch gestrichenen Räume, auf die modernen Möbel, die geradewegs in die freien Zimmer getragen wurden. Ein Quacksalber, ein Scharlatan, und das ausgerechnet gegenüber seiner Kanzlei, die ohnehin mehr schlecht als recht lief. So ein Nachbar hatte gerade noch gefehlt! Doch vielleicht war er auch eine Gabe des Himmels? Vielleicht hatte seine Anwesenheit einen Nutzen? Monatelang standen die Büroräume gegenüber leer, warum schlug jetzt, wieso ausgerechnet jetzt ein Heilkünstler hier seine Zelte auf? Vielleicht war er ein Seher, ein Wahrsager?

„Dann heiße ich Sie willkommen und wünsche viel Glück im Geschäft", äußerte sich Benzinger, nicht uneigennützig. „Vielleicht könnten Sie mir, zum Einstand sozusagen, als kleine, nette Geste unter Nachbarn, eine Sitzung in Ihren Räumen schenken? Vielleicht gleich morgen?"

Perré lächelte charmant, irgendwie jugendlich, dabei war er sicher längst über dreißig.

„Sicher, gern, doch bedauerlicherweise bin ich die nächsten Wochen ausgebucht. Meine Kunden freuen sich auf die neue Praxis, ich habe keinen Termin frei in nächster Zeit."

Benzinger seufzte. „Sehr schade."

„Aber ich könnte Sie einladen, zu mir nach Hause. Bei einer Flasche Wein könnten wir auf unsere neue Nachbarschaft anstoßen, und vielleicht lassen Sie mich dabei einen Blick in Ihre Seele werfen."

Gesagt, getan. Benzinger nahm das Gebot erfreut an. Vielleicht hatte der neue Nachbar ja tatsächlich eine hellseherische Fähigkeit und konnte helfen – mit weisen Tipps und Tricks für geschäftliche und natürlich auch private Zwecke. Ohne Weiteres konnte man ihm den mysteriösen Magier abnehmen. Seine Haut war hell, seine Augen smaragdgrün, und sein tiefschwarzes Haar glänzte geheimnisvoll. Er strahlte Ruhe aus, schien geordnet und gebildet, was vielleicht an dem strengen Scheitel und dem perfekt sitzenden Anzug lag, den er an jenem Abend trug.

Sie hätten vielleicht Brüder sein können, denn Benzinger kam aus ebenso gutem Hause, er trug ebenfalls stets edle Anzüge, sein Haar war allerdings heller, ein wenig länger und kräuselte sich hinter seinen Ohren. Seine Augen waren braun, und sie fixierten den Gastgeber neugierig, als er das große Haus betrat. Wie erwartet ebenfalls ein erstklassig angelegtes Gebäude.

„Es freut mich sehr, dass Sie es einrichten konnten", begann Perré.

„Selbstverständlich", erwiderte Benzinger. „Es ist mir eine Ehre, Ihre Einladung annehmen zu können."

Sie schüttelten einander die Hände, wobei Perrés Hände wärmer wirkten, und sie umschlossen Benzingers Handgelenke sofort. Neugierig blickte er auf die Handflächen seines Gastes, schien in ihnen lesen zu wollen.

„Schlanke Hände haben Sie, etwas kühl, gepflegt …" Er lächelte. „Sie sind ein Redner, Denker … für harte Arbeit nicht geboren. Profit schlagen Sie mithilfe Ihres Geistes."

„Nun ja." Benzinger schien verlegen, dennoch ließ er seine Hände dort, wo sie waren. Vielleicht konnte Perré noch etwas aus ihnen lesen? Eine Weissagung vielleicht?

„Ich bin Anwalt, da muss ich viel denken." Er senkte seinen Blick. „Kann man etwas über mein weiteres Leben sehen? Wird das Glück auf meiner Seite sein? Was sagt meine Lebenslinie?"

Inzwischen waren sie in der geräumigen Bibliothek mit den großen, hölzernen Schränken und vielen verstaubten Büchern angelangt, doch Perré hielt noch immer seine Hand.

„Auf den ersten Blick sehe ich keine großartigen Störungen", sagte er. „Jedenfalls nicht für das folgende Jahr."

Benzinger atmete auf. Schließlich trennten sich ihre Hände. Sie nahmen Platz.

„Wein?" Perré hielt die Flasche schon parat, als hätte er von vornherein gewusst, dass sein Gast zustimmen würde. Benzinger nickte still. Augenblicklich spürte er eine beklemmende Aura um sich – oder bildete er sich das nur ein? In Perrés Augen konnte er einen deutlichen Schimmer sehen, einen allwissenden Blick. Alles schien unter Kontrolle. In aufgeregter Stimmung nahm Benzinger einen Schluck des dunkelroten Weines. Das Bouquet war schwer, doch es half ihm, sich an die ungewöhnlichen Umstände zu gewöhnen.

Als er sein Glas abgestellt hatte und sich entspannt in den Sessel zurücklehnen wollte, sah er Perré mit einem Satz Tarot-Karten hantieren. Wo hatte er die so schnell hergezaubert? Flink glitten sie durch die wachsweißen Hände des Mannes, und schon im nächsten Moment hatte er sie auf dem runden Tisch ausgebreitet. Mit schnellen Bewegungen glitten seine Fingerkuppen über die glänzenden Karten.

„Beginnen wir mit der einfachsten Variante", sprach Perré. „Suchen Sie sich drei Karten aus."

Benzinger nickte. Unschwer war zu erkennen, wie er zitterte, als er die Karten wählte. Er überreichte sie Perré, welcher die Karten schließlich gezielt nebeneinander auf dem Tisch verteilte und in Benzinger sofortige Aufmerksamkeit erregte.

„Decken Sie die Karten auf, und ich werde etwas über Ihre Vergangenheit, Ihre Gegenwart sowie Ihre Zukunft erzählen können."

Das klang interessant. Benzinger drehte die Karten um, eine nach der anderen, bis alle drei aufgedeckt vor ihnen lagen. Perré beugte sich etwas vor, betrachtete die erste Karte mit einem Schmunzeln.

„Das Ass der Münzen", erkannte er an dem Bild der Karte.

Benzingers Augen wurden groß.

„Was bedeutet das?", fragte er sogleich.

„Es sagt aus, dass Sie in der Vergangenheit sehr an Ihrer materiellen und auch physischen Vollkommenheit gearbeitet haben. Sie waren quasi besessen von Reichtum und fleischlichen Genüssen." Er schenkte Benzinger ein Augenzwinkern.

Jener wirkte glatt verlegen, als er daran dachte, dass er tatsächlich hart an seiner Karriere gearbeitet hatte, um ein ansehnliches Vermögen aufzubauen, und ebenfalls die körperlichen Aspekte nicht außer Acht gelassen hatte. Oft hatte er sich teure Callboys gegönnt oder war tagelang in exquisiten Clubs abgestiegen. Immer auf der Suche nach dem großen Glück.

„Doch man bedenke", sprach Perré weiter, „ist es das, was Sie wirklich erstreben? Können Sie Ihre Lage vielleicht noch verbessern?"

Eine spannende Frage. Benzinger kniff die Augen zusammen. Zusammen betrachteten sie die zweite Karte.

„Die Vier der Schwerter", erkannte Perré. „Sehr erstaunlich …" Aufmerksam sah er sein Gegenüber an und erklärte:

„Sie sind auf der Suche nach Antworten, sollten allerdings die Ruhe bewahren, warten, bis Ihr Plan Früchte trägt."

„Plan?", wiederholte Benzinger. „Welcher Plan denn?" Er klang erstaunt, ebenso verunsichert. Wenn er doch bloß einen Plan hätte!

„Treiben Sie sich nicht selbst in den Irrsinn. Sie müssen einen klaren Geist bewahren bei all Ihren Vorhaben. Sie müssen für alles offen sein."

Benzinger nickte gehorsam. So hatte er seine Lage wirklich noch nie betrachtet.

„Und was wird mir die Zukunft bringen?", fragte er mit einem quälenden Blick auf die dritte Karte. Diese zeigte eine Frau mit einer Mondsichel in der ausgestreckten Hand.

„Oh …", begann Perré, als er die letzte der Karten zu deuten anfing. „Der Mond …" Eine nachdenkliche Pause folgte, dann lehnte er sich zurück, es sah fast genügsam aus. Er lächelte sanft, so dass seine feinen Gesichtszüge im Schein des Kerzenlichtes wie gezeichnet aussahen.

„Sie scheinen auf dem richtigen Weg zu sein …"

„Ach ja?" Benzinger war erstaunt. Hatte er doch eher an eine weitere Misere gedacht, sowohl beruflich als auch privat.

„Sie werden sich neuen Ideen öffnen", sagte Perré voraus. „Ihre Horizonte werden erweitert, Sie können in jeder Hinsicht optimistisch sein."

Benzinger atmete aus, er fühlte sich erleichtert.

„Aber", fügte Perré dennoch hinzu, „lassen Sie sich dabei nicht in die Irre führen, verlieren Sie nicht die Kontrolle. Lassen Sie sich vom Mond leiten, von seinem Licht, seinem Kommen und Gehen."

Benzinger stockte fast der Atem, als er das hörte. Die Worte, die er vernahm, waren verzaubernd, fast schmeichelhaft, dennoch warnend. Und sie klangen aus dem Mund des Magiers, wenn er denn wirklich einer war – und Benzinger war sich inzwischen ziemlich sicher – so rührend, so wahr, so schöpferisch.

„Weisen Sie mir einen Weg", forderte der Anwalt daraufhin. „Ich brauche etwas Konkretes, einen Hinweis. Was muss ich tun? Was wird geschehen?"

Perré zögerte einen Moment.

„Sie bitten mich um eine Antwort, eine Lösung?"

Benzinger nickte aufgeregt. „Ich möchte mehr erfahren, ja!"

Perré seufzte, doch es klang nicht unzufrieden. „Na schön, wie Sie wollen. Gehen wir einen Schritt weiter." Er räumte die Karten von dem runden Tisch, ebenso die Weingläser und die kostbare Karaffe sowie die Tischdecke.

„Was haben Sie vor?"

„Wir werden die Seelen der Verstorbenen befragen", bekam Benzinger zur Antwort, dabei sah er, wie Perré sich dem großen Bücherschrank zuwandte und aus einer der Schubladen ein hölzernes Ouija-Board, ein Hexenbrett, herausnahm und es auf den Tisch legte.

Auf dem Brett waren Zahlen und Buchstaben vorgezeichnet, es gab ein Feld für „Ja", eins für „Nein" und den Satz „Good Bye".

Auf dem Brett ruhte ein Zeiger, ebenfalls aus Holz angefertigt.

Perré zündete noch mehr Kerzen an. Kurz darauf verbreitete sich ein süßlicher Geruch im Raum. Leichter Rauch lag in der Luft, der Benzinger fast betörte.

„Berühren Sie den Zeiger", befahl Perré, während auch er einen Finger auf den Zeiger legte. „Entspannen Sie sich, konzentrieren Sie sich auf Ihre Frage."

Es wurde still im Raum, beide Männer schlossen die Augen, schwiegen, eine ganze Weile, bis sich die geheimnisvolle Atmosphäre um sie webte und Perrés Stimme die Ruhe durchbrach.

„Ist jemand da, der mit uns kommunizieren möchte?"

Sie berührten beide mit ihrem Finger den Zeiger. Ihre Körper zitterten leicht, es schien sich eine Spannung aufzubauen.

„Geist, wenn du da bist, gib uns ein Zeichen!"

Kurz darauf bewegte sich der Zeiger. Benzinger erschrak, doch ließ er es sich nicht anmerken.

„Möchtest du mit uns Kontakt aufnehmen?"

Der Zeiger schob sich sachte in Richtung *Ja*.

Perré hatte die Augen längst wieder geöffnet. Als er das Zeichen bemerkte, flüsterte er:

„Tragen Sie nun Ihre Frage vor."

Benzinger schluckte hörbar. Doch sein Anliegen brannte auf der Zunge, und er fragte mit zittriger Stimme:

„Wie steht es um meine Kanzlei? Seit Wochen bleiben die Klienten weg ... Hat es überhaupt noch einen Sinn weiterzumachen?"

Es dauerte einen Moment, in dem die Männer abwartend verharrten, dann bewegte sich der Zeiger wieder.

Geduld ..., schrieb er. *Neue Kunden kommen ...*

„Tatsächlich?" Benzinger staunte, er lächelte. „Da bin ich froh." Er wechselte einen ergriffenen Blick mit Perré, welcher ebenfalls ganz zufrieden wirkte.

Ungehemmt fuhr Benzinger fort. Er war ganz wissbegierig, fast besessen von diesem Spiel.

„Wie sieht es privat aus?"

Da unterbrach ihn Perrés Stimme: „Auch die Geister können nicht immer in die Zukunft sehen."

Benzinger seufzte, senkte den Blick, dennoch bewegte sich der Zeiger wieder.

Ganz in der Nähe ... schrieb er ... *Charlie ...*

„Charlie?", wiederholte der Anwalt. Unsicherheit war in sein Gesicht geschrieben. Fragend sah er Perré an und flüsterte: „Ich kenne gar keinen Charlie."

Da schob sich der Zeiger unaufgefordert nach unten: *Good bye ...* Die Sitzung war beendet. Die beiden Männer zogen ihre Finger zurück.

Benzinger fuhr sich über die schwitzige Stirn. Er musste sich eingestehen, dass ihn das Ganze ziemlich bewegt, wenn nicht gar erregt hatte. So etwas hatte er noch nie erlebt. Sein Gastgeber schenkte Cognac aus, einen edlen Tropfen, genau das konnten sie jetzt beide gut vertragen.

„Ich bin wirklich begeistert", begann Benzinger das folgende Gespräch. „Ich hätte es niemals für möglich gehalten, dass es funktioniert." Er war sichtlich beeindruckt. Hatte er doch zuvor nie an irgendwelche magischen Fähigkeiten einzelner Mitbürger geglaubt. Doch bei Perré schien alles perfekt zu funktionieren. Und so ging Benzinger noch einen Schritt weiter. Die Hemmschwelle war längst gebrochen, man konnte ungezwungen reden, auch über intime Angelegenheiten, wie es schien. Er verspürte deutliches Vertrauen.

„Wie sieht es mit Sexualmagie aus?", fragte er spontan, dabei sah er den Magier neugierig an. „Beherrschen Sie auch diese Kunst? Können Sie mir damit auch weiterhelfen?"

Er dachte an diesen *Charlie*, den er wohl bald treffen würde, ging man davon aus, dass der Geist ihm das Richtige vorausgesagt hatte. Und da die Toten auch nur waghalsige Schlüsse auf die Zukunft geben konnten, musste sich dieser Charlie schon ganz in der Nähe befinden. Benzinger dachte nach. Hatte er vielleicht einen aufmerksamen Menschen in seiner Umgebung übersehen? Vielleicht nicht wahrgenommen? Eins stand fest: Er musste handeln, bald, so dass ihm das Glück nicht wieder abhandenkam. Er musste gewappnet sein für die neue Liebe.

„Nun, man kann die eigene Sexualität in der Tat nutzen, um gewisse Ziele zu verwirklichen. Ein gelungenes sexuelles Ritual kann merkliche Auswirkungen auf Ihr soziales, berufliches und auch spirituelles Leben haben."

„Ach, wirklich?" Benzinger beugte sich wieder etwas vor. Wie ein Schwamm wollte er jede hilfreiche Information aufsaugen. „Fahren Sie fort!"

„Man kann mittels Meditation tief in das Innere des Körpers eindringen, durch sexuelle Reize Energien freisetzen, das Bewusstsein erweitern, bis hin zur Ekstase."

Benzinger bekam den Mund kaum zu, als er das hörte.

„Ist das wahr?" Er konnte es kaum glauben. Das vielversprechende Lächeln Perrés beseitigte letzte Zweifel.

„Eine Kostprobe gefällig?"

Benzinger zögerte nicht. Stattdessen nickte er still und eifrig, so dass sich Perré erhob und zur Tür deutete.

„Dann darf ich Sie in mein Schlafgemach bitten?"

Umhüllt von leiser Meditationsmusik, dem schwachen Schein von Kerzen und ihrem süßlichen Duft, kam Benzinger auf dem Bett zu Fall. Auf die Ansage von Perré hatte er sich komplett ausgezogen, langsam, ganz bewusst, so dass nur das Rascheln der Kleidung zu hören war und nicht einmal ihre Atemzüge.

Die Atmosphäre war sinnlich, nicht anstößig, als auch Perré seinen Anzug ablegte und sich zu seinem Gast aufs Bett gesellte. Unter ihnen wärmte die flauschige Decke ihre längst erhitzten Körper.

„Drehen Sie sich auf den Bauch", befahl der Magier. „Schließen Sie die Augen, entspannen Sie sich, und lassen Sie sich verwöhnen."

Benzinger tat, was ihm befohlen wurde. Fest kuschelte er sich in die weiche Decke, kurz darauf spürte er Perrés Hände auf seinem

Rücken, wie sie dort warmes Öl verteilten, dessen Duft in seine Nase drang und ihn augenblicklich verzauberte. Er spürte Perrés Hände auf den Schultern, sie massierten ihn dort ganz sanft, glitten tiefer, über seinen Rücken, seine Flanken, sie verweilten auf seinem Gesäß, wanderten auf und ab, streichelten ihn mal sanft, mal fest, oftmals nur mit den Fingerkuppen, und erzeugten ein berauschendes Kribbeln auf seiner Haut. Benzinger begann zu raunen. Ein Zeichen dafür, dass er alles genoss.

„Konzentrieren Sie sich auf Ihren Körper", hörte er Perré wispern, „auf Ihre Lust."

Das Öl suchte sich seinen Weg, glitt in Benzingers Spalt, auch dort wurde er gestreichelt, massiert, bis er die aufkeimenden, sinnlichen Gefühle kaum mehr unterdrücken konnte. Die Hände, die sein Gesäß massierten, erregten ihn so sehr, dass er nichts unternahm, als er Perrés Körper über sich spürte, wie der sich an ihn schmiegte und sein erigiertes Glied an ihm rieb, sich schließlich sanft in ihn schob. Benzinger seufzte laut, doch er verharrte in dieser Position, schien sich zu konzentrieren. Immer wieder glitt der Körper über ihn, rieb sich an seiner Haut, vereinte sich kurz und innig mit ihm, mehrere Male, bis er sich leise zurückzog.

„Drehen Sie sich, mein Lieber", bat Perré, „halten Sie die Augen dabei geschlossen."

Benzinger wandte sich um, und schon während dieses Vorgangs spürte er, wie schwach sein Körper geworden war und wie wach sein Geist, alleinige Energie saß zwischen seinen Schenkeln, die er nun leicht spreizte, als Perré über seine Beine strich. Weiteres Öl benetzte seinen Unterleib, machte ihn schlüpfrig, geschmeidig. Sein hartes Geschlecht glitt durch Perrés Hände, immer und immer wieder, bis sich jener auf seinen Schoß setzte und sich ihre Körper abermals vereinten. Ein Gefühl, das Benzinger nahezu lähmte. Er stöhnte gequält.

„Ruhig", bat Perré. Er bewegte sich ganz langsam auf und ab. „Konzentrieren Sie sich auf Ihr Becken. All Ihre Energie befindet sich jetzt dort."

Er bettete seine Hände auf Benzingers Brust, strich darüber, massierte die Brustwarzen sachte und dennoch ganz intensiv. Der Körper unter ihm zitterte sichtlich.

„Spüren Sie es?"

„Ja!"

„Machen Sie sich frei von den Gedanken, atmen Sie, mein Freund, atmen Sie mit dem Becken. Atmen Sie mit dem Becken."

Benzinger gehorchte aufs Wort. Längst war er nicht mehr Herr seiner Sinne, da war nur noch die allherrschende Kraft, die auf ihm saß, ihn anstachelte und die enorme Energie in seinen Lenden freisetzte. Sachte atmete er ein und aus, hob sein Becken dabei an, womit sich die Reibung ihrer Körper intensivierte, seine Lust ins Unermessliche trieb, bis seine Bewegungen mutiger wurden, sein Stöhnen lauter.

„Richten Sie sich auf!", tönte Perré plötzlich. Er zog den ruhenden Körper an den Schultern zu sich. Benzinger bäumte sich auf, sofort wurde er von Perré umklammert. „Sie sind stark! Die Welt liegt Ihnen zu Füßen, nichts kann Sie erschüttern! Atmen Sie! Lassen Sie die Energie frei!"

Benzinger keuchte angestrengt. Denken konnte er nichts mehr. Er spürte nur noch diesen erhitzten Leib auf seinem Schoß, der ihn umarmte, der auf ihm ritt, so gefühlvoll, taktvoll und mit ganzer Kraft. Und dann war es so weit, dass Benzinger kam, und das so intensiv wie nie zuvor. Er war nichts mehr in diesem Moment, rein gar nichts, da war nur die Lust, die Hingabe. Sein Höhepunkt schien ihn zu betäuben, auszulöschen, und der Körper auf ihm hörte nicht auf, seine Energie zu rauben, bis sich ihre Leiber trennten und er erschöpft zurück auf die Bettdecke sank.

„Ich danke Ihnen von ganzem Herzen", hatte Benzinger zum Abschied gesagt. Er war blass um die Nase, müde und trotzdem voller Hingabe. „Was ich bei Ihnen erlebt habe, das war unbeschreiblich!"

Mit glänzenden Augen sah er Perré an. Der schien weniger erschöpft, eher voller neuer Lebenskraft. Sie schüttelten abermals die Hände, konnten sich kaum voneinander lösen.

„Ich hoffe sehr, dass es aufschlussreich für Sie war."

„In der Tat!" Benzinger nickte. „Ich fühle mich jetzt ganz rein, ganz klar, ganz geordnet, voller Ideen und Zuversicht!"

Perré lächelte barmherzig. „Das freut mich zu hören."

„Ich bin froh, Ihre Bekanntschaft gemacht zu haben. Und ich hoffe, dass es nicht das letzte Treffen mit Ihnen war", fuhr Benzinger fort, dann schüttelte er den Kopf. „Ach, lassen wir doch diese förmliche Anrede, nicht wahr? – Mein Name ist Lukas."

Der Griff ihrer Hände wurde noch fester.

„Angenehm", sagte Perré. „Ich bin Clark. Doch meine Freunde nennen mich Charlie."

Tempus fugit

Claudia Feger

Der Wecker klingelte mit einem markerschütternden Ton, der beinahe Tote aufgeweckt hätte. Ein lauter Knall, ein Scheppern ... und der Wecker, der das Schrecklichste aller Zeitgeräusche im Universum produzierte, lag in Einzelteilen auf dem Boden. War es wirklich schon kurz vor sieben? Wieso musste mich dieses rasselnde Ding aus den Träumen reißen? Und überhaupt: war es wirklich schon wieder Zeit, zur Arbeit zu gehen? Meine Ferien waren viel zu kurz, stellte ich zerknirscht fest, und pellte mich langsam aus dem Bett. Die Zeit schien wirklich wie im Fluge zu vergehen – zumindest in den Urlaubswochen. Die Aussicht auf den einkehrenden Alltag mit der viel zu langen Arbeitszeit, die sich unendlich dahinziehen würde, verbesserte nicht unbedingt meine Laune. Auf dem Weg zum Bad stolperte ich über Teile meines nun defekten Zeitmessgerätes und steckte meine Hoffnungen, zumindest ein wenig munterer zu werden, in eine kalte Dusche.

Halb acht? Der Blick auf die Wohnzimmeruhr erschreckte mich. Während ich mit der einen Hand nach meiner Tasche griff, fuhr die andere durch die Haare, und als ich im Flur schnell in meine Schuhe schlüpfte, griff ich zugleich in das Bücherregal. Zumindest wollte ich die lange Bahnfahrt zur Arbeit mit etwas Sinnvollem überbrücken. Als ich die Tür zufallen hörte, war ich schon fast auf der Straße. An diesem kalten Morgen rannte ich den Weg so schnell entlang, dass mir meine Atemwolken als weiße Schleier entgegenschlugen. „Hoffentlich bekomme ich diesen Zug!"

Ich war viel zu spät dran und legte noch einen kurzen Sprint ein – um dann in der Bahnhofshalle zu lesen, dass der Zug zehn Minuten Verspätung hatte.

„Klasse, da hätte ich auch noch Zeit für einen Kaffee gehabt", fluchte ich, so dass es die alte Frau hörte, die neben mir stand. Sie blickte mich an und lächelte. Genervt wandte ich mich ab und schaute auf das weiße Zifferblatt der riesigen Uhr am Bahnsteig. Mich faszinierte der große, schwarze Zeiger, der auf die leere, weiße, in Segmente aufgeteilte Fläche zwischen zehn und fünfzehn zeigte, bis er mit einem Ruck zur nächsten leeren Fläche sprang und unumgänglich befahl, dass das Jetzt nun schon wieder Vergangenheit war.

Uhren haben zwei Funktionen: Erstens den Leuten zu sagen, wie spät es ist, und zweitens mich mit der Überzeugung zu durchdringen, dass Zeit ein Rätsel ist. Ein Phänomen. Ein schreiendes Kind an der Hand einer dicken Frau riss mich aus meinen Gedanken. Langsam blickte ich auf den Einband des Buches, das sich seit dem überstürzten Verlassen der Wohnung in meiner Hand befunden hatte. „Einstein", stand dort mit schwarzen Lettern. „Zeit ist relativ", war der erste Satz in dem Buch, und rasch überflog ich einige Seiten, bis quietschend der Zug hielt. Ein freier Platz war schnell gefunden. Ein Ruck, und die Bahn setzte ihren Weg fort.

Zeit lässt sich also dehnen wie ein Kaugummi, wenn man nur lange genug daran zieht. Hmm, komischer Gedanke. Auch eine Art, die Zeit zu sehen. Wenn man die Zeit schmelzen könnte, wie es Dalí mitsamt den Uhren getan hat, dann, „ja dann könnte ich mich jetzt gemütlich noch einmal im Bett umdrehen", murmelte ich leise vor mich hin. Erst jetzt bemerkte ich, dass die alte Frau vom Bahnsteig neben mir saß. Sie schien wirklich schon sehr alt zu sein, und ihr langer Rock war auch alles andere als neu. So ganz in Schwarz, wie sie gekleidet war, vielleicht war gerade jemand gestorben?, dachte ich.

Ich schlug mein Buch wieder auf, denn es begann gerade interessant zu werden. Die Idee mit der Zeit verfolgte mich regelrecht. Was wäre, wenn ich die Zeit unendlich strecken könnte, wäre ich dann nicht quasi unsterblich? Oder es geht etwas schief, und täglich grüßt das Murmeltier. Bei diesem Gedanken musste ich leise kichern. Der Mensch geht doch ziemlich unbeholfen mit dem abstrakten Gebilde Zeit um, in dem er lebt. Die alte Frau neben mir schaute mich an und blickte dann auf mein Buch. Als sie wieder hochsah, trafen sich unsere Augen, und sie flüsterte mir zu: „Wer immer der Zeit etwas anhaben will, wer sie dehnen, aufhalten, lahmlegen oder beugen will, der wisse, dass an meinem Gesetz nichts zu rütteln ist." In dem Moment, als die Worte ihren Mund verlassen hatten, griff sie flink in ihre verbeulte Handtasche, holte eine kleine, merkwürdig aussehende Schere hervor, hielt sie mir blitzschnell knapp vor mein Gesicht, und es machte ‚schnipp‘.

Das alles ging so schnell, dass mir ganz schwindlig wurde. Was machte diese komische Alte da?, schallte es in mir, während ich spürte, wie mein Herz zu rasen begann und wild pochte. Ein stechender Schmerz erfasste von dort aus meinen ganzen Körper, und als ich langsam herunterblickte, sah ich in der Handtasche der alten Frau eine kleine Sanduhr. Meine Gedanken rasten. Das konnte nicht sein. Nein, das war unmöglich. Eine lähmende Stille senkte sich über mich, und ich hörte mich nur noch keuchen: „Atropos!"

Kurz darauf konnte der herbeigerufene Notarzt nur noch den Tod der jungen Frau feststellen – Herzversagen, hieß es. Das Buch in der verkrampften Hand der Leiche war auf Seite 28 aufgeschlagen. Die Überschrift lautete: „Die Zeit flieht."

Dein Grab

Justin C. Skylark

Mit roten Rosen in den Händen
Stehe ich vor deinem Grab
Habe Tränen in den Augen
Du bist mir trotzdem noch so nah

Nun ist dein Reich in dieser Tiefe
Wie gerne würd ich mit dir gehn
Würde ruhen an deinem Körper
In die Dunkelheit entfliehn

Auf den Sarg fällt schwarze Erde
Ich sehe zu, wie du von mir gehst
Bitte lasst mich auch vergraben
lasst mich fühlen, wie du verwest.

Lasst mich schlafen neben deinen Knochen
Die Decke ist dein Leichentuch
Lasst mich auch ein wenig hoffen
Dass du wieder auferstehst.

Autorenportraits

Abo Alsleben

Foto: O. Baglieri

Der Leipziger Underground-Hedonist ist schwer einem bestimmten Genre zuzuordnen: Er macht, wozu er gerade Lust hat. Seien es Guinness-Buch-Rekorde mit seiner Band S.U.F.F. (die Band mit den meisten Konzerten an einem Tag – 1998) und für den Erhalt des freien Senders Radio Blau (die meisten DJs in einer Radiostation – 2009), seien es unkonventionelle Filmprojekte wie *Dreck* oder Spontankonzerte mit den Spitzen auf dem Leipziger Bahnhof, der MS Cospuden und der Innenstadt oder aber skurrile Talks in seiner Show *Trash & Kult*, immer hat er seine Finger im Spiel und drückt den Nagel gleich einem Stachel tief ins Fleisch, direkt in die Wunden der Zeit mit einem satten Hieb an schwarzem, bittersüßem Humor. Nun reflektiert er in ganz unverwechselbarer literarischer Form die Welt, wie sie sein könnte, und macht mit dem weiter, was er am besten kann: was ihm und seinen Lesern Spaß bereitet.

Veröffentlichungen:
Tschüss Deutschland – Wir sind dann mal alle weg (Roman)
Ahoi, Connewitz – Wir mussten mal kurz weg (Roman)
Wunschkinder – 19 haarsträubende Geschichten
Sven Augstein (Hrsg.): *Grind The Nazi Scum – Das Buch* (Anthologie)

Internet:
www.aboalsleben.de

Simon Rhys Beck

Simon Rhys Beck, Baujahr 1975, Verleger und Autor, hat aus zunächst vollkommen egoistischen Gründen 1999 den dead soft verlag gegründet. Mittlerweile sind einige Autoren und noch ein paar mehr Veröffentlichungen dazugekommen. Lebt in einem kleinen Ort an der Grenze zwischen NRW und Niedersachsen.

Internet:
www.deadsoft.de – Bücher für die andere Seite

Claudia Feger

Foto: F. Thiele-Feger

Studium der Germanistik, Psychologie, Allgemeinen und Vergleichenden Literaturwissenschaft, Pädagogik und Medienpädagogik, tätig als wissenschaftliche Mitarbeiterin, freie Dozentin, Journalistin, Autorin, Künstlerin und Galeristin.

Tolya Glaukos

Tolya Glaukos wächst als Sohn einer Sekretärin und eines Buchhalters in Hemhofen (Mittelfranken) auf. Das Abitur legt er 1992 in Höchstadt a. d. Aisch ab. Nach dem Zivildienst bei der Bahnhofsmission Erlangen bereist er Ozeanien und Südostasien, beginnt 1993 ein Studium der Neuen deutschen Literaturwissenschaft, Psychologie und Geschichte in Erlangen. 1994 zieht er nach Berlin, studiert Germanistik und Kulturwissenschaften an der Humboldt-Universität.
Gibt von 1995–1997 die unabhängige Hamburg-Berliner Szene-Literaturzeitschrift *Der Tellheimer Apfelabschuss* heraus. Seit 1997 arbeitet er als Journalist, Webdesigner, Programmierer, Künstler, Analyst, Publizist und freier Autor in Berlin.

Bücher:
Die Junggesellenmaschine. Drei Erzählungen, erschienen 10/2003

Das heiße Blut der Chilischoten. Erzählung, erschienen 02/2006

Die Bienen des Unsichtbaren. Roman, erschienen 02/2010

Internet:
www.tolya-glaukos.de
www.mergingfaces.com

Jerk Götterwind

Jerk Götterwind, geb. 1967, Sänger der Misanthropical-Peace-Punkband „DISANTHROPE" und SoundNerd des ElektroNoise-Projektes „RELATIVE KÄLTE" . Ehemaliger Betreiber des Labels Götterwind Imperium und des Yage Vegan Versandes sowie Ex-Mitbetreiber des Radikalen Erdversandes. Schreibt seit 1989, regelmäßige Veröffentlichungen seit 1992 in Anthologien und Fanzines.

Veröffentlichungen
2000 *Hommage aus dem Underground* – Tribute-Anthologie für Charles Bukowski
2006 *Die Städte brennen wieder* – Underground-Literatur-Anthologie
2007 *Schreie aus der Finsternis* – Underground-Lyrik-Anthologie
2010 *Thomas Meyer-Falk* – *Nachrichten aus dem Strafvollzug* – Essays und Gedichte

Diverse Einzelveröffentlichungen von Gedichten und Kurzgeschichten in den Jahren 1992 bis 2008

Internet:
www.jerkgoetterwind.jimdo.com
www.disanthrope.jimdo.com

Jana Heidler

Foto: M. Beckert (Narya)

Kurzbiografie

Geboren am 18.03.1978 in Karl-Marx-Stadt (heute: Chemnitz).
Abitur, Ausbildung zur Krankenschwester,
Studium   MA Pädagogik/Psychologie/Soziologie,   seitdem   als
Pädagogin tätig.

Veröffentlichungen:
2005 *Traum* (erste Veröffentlichung)
2006 *Das Kraut der ewigen Jugend*
2008 *Ymandilia, Weißer Tod*
2009 *Traum* (zweite Veröffentlichung)

sowie in diversen Anthologien

Internet:
www.jana-heidler.de

Miriam Stephanie Reese

Lyrik- und Gothic- (Novel-) Autorin, Rezensorin und Gründerin des Schauermärchen Verlags, die auch im musikjournalistischen Bereich tätig war und auf Veröffentlichungen in zahlreichen Anthologien und Magazinen zurückblicken kann. Bisher eigene erschienene Bücher: *Trotzdem muss ich immer denken, Um- (sein Leben) gebracht, Engelsgift, Veyduz, Bittersüßes Elixier.*

Internet:
www.miriam-stephanie-reese.com
www.schauermärchen-verlag.de
Kontakt:
schauermaerchen-verlag@gmx.de

Jürgen Seibold

Geboren 1971 in Freising, gründete er Ende der 80er einen Depeche-Mode-Fan-Club, den er kurz danach in ein Undergroundmagazin für Dark Wave/Gothic umwandelte. Leider ging dieses innovative Projekt durch schlichten Geldmangel auf Dauer nicht auf, und somit entschied er sich zu einer Tätigkeit als strategischer Einkäufer.

Nebenbei betreibt er die Literaturhomepage www.hysterika.de, in der Buchrezensionen der Genres Fantasy, Horror, Thriller, Science Fiction und Historik veröffentlicht werden. Als Autor begann er Anfang der 90er mit ein bis zwei Gedichten, die er einfach in seinem Magazin veröffentlichte − nur so ist man keiner Willkür ausgesetzt. Als Kurzgeschichtenautor ist er erst zweimal in seinem Leben in Erscheinung getreten: erstmals mit der sehr gruseligen Kurzgeschichte *Die Wand,* die Anfang der 90er Jahre in einer Münchener Tageszeitung veröffentlicht wurde und leider seitdem als verschollen gilt. Sein zweiter Versuch liegt in diesem Buch vor, und er ist bereits sehr auf die Resonanz gespannt.

Internet:
www.HysterikA.de

Justin C. Skylark

1975 in Kiel geboren, nach dem Fachhochschulabschluss hauptberuflich in der Krankenpflege tätig, schreibt seit 1998 Romane, Kurzgeschichten und früher auch Gedichte.

Veröffentlichungen:
Craig's little Dawn
Träume ... alles anders
Szandor's Erbe
Panthera Pardus
Bis dass der Tod euch scheidet
Liebeswut
Dein Glück hat mein Gesicht
Der Champion
Wir zwei zu dritt
Von Liebe und Gift
Überdosis Liebe
Nachts im Zoo
Ranulf O'Hale – Spielball des Bösen (mit S.Rh. Beck)
Senrico Van Dreike – Die Geschichte eines Krakenmenschen (Gay Fantasy)

Internet:
www.jcskylark.de
Kontakt:
J_C_Skylark@yahoo.de

Andreas B. Vornehm

Foto: A. Sterr

1964 in Göppingen geboren. Studium der Malerei & freien Grafik in Nürtingen. Lebt und arbeitet seit 1995 in Berlin. Weiterbildung in Berlin: Grafik- und Webdesign. Seit 2005 freiberuflicher Texter und Grafikdesigner:
Mini.KashugiKreativbüro für Texte & visuelle Kommunikation.
VirtuArtisten-Gründer. Schriftsteller, Literaturveranstalter, Konzept- und Kommunikationskünstler. 2003—2006 Mitherausgeber der Kurzgeschichtenzeitschrift *get shorties.* Seit 2008 mit Frank Nussbücker Herausgeber der Kurzgeschichtenzeitschrift STORYATELLA. Autor von Kurzgeschichten in der Tageszeitung *Junge Welt*, STORYATELLA und *Der Mongole wartet.*

Internet:
www.mini-kashugi.de
www.virtuartisten.de
www.storyatella.de

T. A. Wegberg

T. A. Wegberg wurde in Krefeld geboren und studierte Germanistik und Anglistik sowie Literaturvermittlung und Medienpraxis.

2009 erschien im Rowohlt Verlag Wegbergs erster Roman *Memory Error oder Wie mein Vater über den Jordan ging,* der mit zahlreichen Literaturpreisen ausgezeichnet wurde, ein Jahr später folgte der Roman *Herzbesetzer.*

2009 erhielt T. A. Wegberg den Brandenburgischen Literaturpreis.
Wegberg lebt als Autor, Übersetzer und Lektor in Berlin und engagiert sich ehrenamtlich bei einer E-Mail-Beratungsstelle für Jugendliche, beim Archiv der Jugendkulturen e.V., in einem Filmprojekt zum Thema Kindesmissbrauch sowie als Qualitätsscout im ÖPNV. Während der Sommermonate findet man ihn auf den Goa- und Psytrance-Festivals des Berliner Umlands.

Kontakt:
herzbesetzer@t-online.de